W0288361

Clémentine

DU MÊME AUTEUR

Saint-Bonnet-le-Chastel, monographie, Imprimerie régionale, Clermont-Ferrand, 1953.
Mes souvenirs de captivité, édition Le Semeur hebdo, 1990.
Monsieur le curé dans ses campagnes, éditions La Veytizou.
À l'ombre de mon clocher, éditions La Veytizou.
Clémentine, éditions De Borée, collection « Romans et récits du terroir », 2000.

En application de la loi du 11 mars 1957,
il est interdit de reproduire intégralement ou partiellement
le présent ouvrage sans autorisation de l'éditeur ou du Centre français
d'exploitation, du droit de copie, 20, rue des Grands-Augustins, 75006 Paris.
© ÉDITIONS GÉRARD TISSERAND

Diffusion : De Borée
35, rue des Frères-Lumière - Z.I. Le Brézet - 63100 Clermont-Ferrand
Dépot légal : 1e trimestre 2002
Achevé d'imprimer dans la C.E. en février 2002
ISBN : 2-84494-104-4

JEAN-LOUIS CHANTELAUZE

CLÉMENTINE

De Borée
Terre de poche

Clémentine, ma mère

CLÉMENTINE est le récit autobiographique d'une femme : cette femme était ma mère. Par piété filiale, j'ai tenu à évoquer ses souvenirs.

Pendant la guerre de 1914-1918, j'étais seul avec elle. L'hiver, le soir à la veillée, au coin du feu, l'été aux champs où nous gardions les vaches, elle me racontait son enfance de petite paysanne, ses écoles, sa vie de jeune fille et toutes les péripéties de son existence à la fin du XIXe siècle, et cela avec une mémoire étonnante.

Pour rendre ce récit plus vivant, je lui ai donné la parole, et j'ai composé ce livre d'après les propos que j'ai recueillis de sa bouche même.

J'ai aussi consulté quelques archives familiales.

Ce livre n'est pas un roman ! Tous les personnages mentionnés dans ce récit ont réellement existé, j'en ai connu certains. De même je connais le pays où elle a passé sa jeunesse, où moi-même j'ai passé une partie de mon enfance.

En fermant les yeux, je revois la maison familiale et le site entourant ce modeste hameau perdu au creux des monts du Forez.

Ma mère s'exprimait très bien, soit en français soit en patois local. De la confidence à la conversation familière.

Ce récit sera émaillé de quelques expressions en patois, traduites pour ceux qui ne le connaissent pas.

Et maintenant, je laisse la parole à Clémentine.

I

Le Mas, pays de mon enfance

JE SUIS NÉE le 23 avril 1883, au Mas de Saint-Just-de-Baffie, canton de Viverols, dans une famille chrétienne.

Je n'étais pas le premier enfant de mes parents : une petite Delphine m'avait précédée, mais elle n'avait vécu que quelques jours. On avait quand même eu le temps de la baptiser. Cette perte d'un petit être innocent avait gravement affecté mes parents : ainsi grande fut leur joie lorsque je vins au monde.

Je fus baptisée le troisième jour après ma naissance par un certain abbé Verdier, vicaire de la paroisse de Saint-Just.

À cette époque où la mortalité enfantine était fréquente, les curés ne plaisantaient pas ; il fallait baptiser les enfants le plus rapidement possible après leur naissance. En cas de retard, la sanction était sévère : pas de cloche, pas de carillon pour fêter le joyeux avènement !

Pour mon baptême, ce fut la grosse Velina du bourg qui, moyennant quelques piécettes, se pendait après les cloches et les faisait sonner joyeusement.

Je reçus le prénom de Elisa Clémentine. Ma marraine était une vieille tante, mon parrain Jean-Baptiste, un frère de mon père.

À cette époque et dans ce coin perdu, il n'y avait ni médecin, ni sage-femme pour assister les femmes en couches. Parfois une matrone du voisinage ou les femmes du hameau remplissaient ce rôle. Cela ne se passait pas toujours dans de bonnes conditions. Les découvertes de Pasteur concernant l'asepsie n'étaient pas encore répandues. Les enfants étaient élevés dans le calme. Le travail y était ordonné ; on chantait et on lisait la vie des saints. C'était un autre monde.

Avec quelques outils rudimentaires, mon père me fit un joli petit berceau qui, d'ailleurs, servit plus tard à mes deux sœurs, Marie et Joséphine, et à mon frère Louis.

Le Mas, pays de mon enfance

Sur la carte, le nom de ce modeste hameau de cinq ou six feux, perdu sur un plateau au cœur des monts du Forez, à mille mètres d'altitude est en petits caractères : « Le Mas ».

Coin sauvage et solitaire, paysage tourmenté, avec ses reliefs, ses vals profonds où coulent des ruisselets aux eaux limpides, ses magnifiques forêts de pins, de bouleaux, ses lopins de terre cultivée et ses landes où poussent la bruyère et le genêt.

Pas de chemins carrossables, juste de mauvaises pistes pierreuses, ravinées par les pluies d'orage et que personne n'entretient.

On chemine à pied pour atteindre la route qui passe à Chemintrand et sur laquelle circulent les charrois des paysans entre Ambert et Viverols.

Deux torrents, dans lesquels on voit frétiller des truites, dévalent les monts : l'un d'eux, celui qui descend du coté de Baffie, fait tourner les roues des deux moulins du Garigere, et va dans la plaine du Livradois grossir les eaux de la Dore près de Marsac.

Sur ce plateau battu par les vents, le climat est rude ; les hivers sont longs et rigoureux. La neige fait son apparition à la fin de l'automne et souvent elle ne disparaît que fin février.

Des bourrasques violentes provoquent parfois de gros dégâts dans les forêts où les arbres sont abattus comme des châteaux de cartes.

J'ai ouï dire par mes parents que peu après la guerre de 1870-1871 une tempête s'est déchaînée sur le pays. La grange orientée au nord et fermée par une simple barre de bois, vit ses portes enfoncées. Le vent s'engouffrant dans la grange, le toit fut soulevé et renversé dans la cour ! On retrouva des tuiles à la Ribeyre, à trois cent mètres de la maison. On imagine les dégâts faits par les pluies torrentielles qui suivirent l'ouragan ! Tout le fourrage fut perdu ! Il fallu refaire le toit ; cela demanda du temps, les maçons et charpentiers n'étant pas outillés comme de nos jours.

Heureusement, la solidarité des voisins joua à plein et le malheur de la famille en fut bien atténué.

Si les hivers sont longs et rigoureux, parfois les étés sont torrides. Très pénible est le travail des faucheurs et des moissonneurs. Manier la faux ou la faucille en pleine chaleur, ce n'est pas du gâteau !

Mais quelle splendeur au printemps ! Avec cette mosaïque de couleurs : le vert des prairies et des blés en herbe, le rose des champs de trèfle incarnat, le jaune vif des champs de colza, avec ses frondaisons de noirs sapins et de clairs bouleaux.

Pour qui aime la nature, le site du Mas est remarquable ! À perte de vue, on peut voir quantité de villages ou de hameaux disséminés sur les collines.

Au nord, le gros village de Chaillargues qui étale ses maisons à flanc de coteau, plus loin Chassagnolles, situé sur la route d'Ambert à Viverols, et au-delà Le

Temple de la commune de Grand-Rif. Plus à l'est le suc de Meneyrolles, Chaumourtagues de la commune de Baffie. À l'est, Charrier derrière lequel on voit se lever le soleil. Au sud Combest, Vareilles avec sa chapelle, le Cros, et dans la vallée Veilhettes, enfin au-dessus, dans un bouquet d'arbres, les Paulzes. Et tout à fait sur le haut de la colline, on voit émerger le clocher de l'église de Saint-Just et tout près, le village de Saint-Priest.

Au loin sur le nord, la chaîne des monts du Forez que domine le mont Thialier. À l'ouest, par une échancrure, on voit un peu la plaine, la vallée de la Dore, entre Marsac et Ambert. Par temps clair on voit même circuler le train entre ces deux localités.

La Conche, d'où vient ce mot ? Je ne l'ai jamais su. La Conche est une source canalisée, qui jaillit à fleur de terre au lieu-dit Foucheyrand, au sommet du plateau. Cette source laisse couler ses eaux dans des rigoles au travers des prés qu'elle fertilise, pour aboutir au bout d'une canolle qui laisse tomber l'eau au bruit d'une petite cascade. Tout à côté, il y a une serve qui sert de lavoir pour les femmes du village. Au fond grouillent des têtards et même des salamandres.

Tous les gens du hameau viennent à la Conche rincer leurs ustensiles : à la belle saison, les hommes torses nus munis d'une serviette et d'un gros savon de Marseille viennent y faire leurs ablutions. Les eaux de cette conche sont toujours tièdes et à l'automne on voit se dégager une légère vapeur au-dessus.

Bien que chaque famille ait son puits au fond de la cour, journellement on voit les gens, munis de seaux en fer blanc faire la navette, chercher de l'eau pour les bêtes. C'est aussi un lieu de rencontre où l'on peut faire la causette.

Notre maison, construite en pierres de granit, trapue, solide, aux murs épais et aux ouvertures modestes pour ne pas trop donner prise aux grands froids de l'hiver, était orientée vers le midi.

Au rez-de-chaussée se trouvait la pièce principale, une grande cuisine, avec l'âtre, le four à cuire le pain, deux grands placards vitrés pour la vaisselle et les ustensiles, la table qui servait de maie et de pétrin, des bancs en bois, une horloge à poids qui donnait une heure approximative. Au fond, une cave voûtée pour les pommes de terre. À côté, le « gabinet », où se trouvait le lit nuptial.

L'étage comprenait trois chambres assez bien meublées, avec table à toilette, armoires à linges : puis le grenier au-dessus.

L'étable était tout à côté : dans la cuisine il y avait une porte de communication. Les portes cloisons en bois n'avaient jamais reçu un coup de pinceau ! L'ensemble était patiné par la fumée de l'âtre. Dans la cuisine, une petite fenêtre laissait passer une lumière avare, si bien que pour voir clair on laissait ouverte la porte d'entrée, sauf aux périodes de grands froids.

Aux fenêtres, ni contrevents, ni rideaux ! C'était plutôt sommaire. Pendant l'été, on mettait un simple store de joncs, peint en vert, pour tamiser les ardeurs du soleil.

Sur le côté de la maison un hangar assez vaste, pour le charroi et le bois de chauffage.

Devant la porte, une petite fontaine déversait son eau dans un bassin de pierre. Puis, la vaste cour où s'égayait la volaille, et tout au bout, le puits abrité d'une dalle de pierre, l'enclos entouré d'un mur en pierre sèche, dont l'entrée était marquée d'un buis touffu et où venaient s'ébattre les cochons.

Enfin, au-dessus de la maison un grand pré coupé par le milieu d'une rangée d'arbres, des cerisiers sous l'ombre desquels on venait faire la sieste aux jours d'été.

Cette maison n'était pas un palais : nous l'aimions malgré son peu de confort, mais elle avait comme on dit aujourd'hui, de l'aisance !

« Donnez-nous aujourd'hui notre pain quotidien »

Cette prière, nous la récitions tous les jours.

À l'époque où j'étais petite, le pain était la base de l'alimentation. J'en mangeais beaucoup. N'aimant pas le lard ni les matières grasses, souvent mon repas consistait en un morceau de pain et de fromage.

Dans chaque maison, il y avait un four où l'on cuisait le pain tous les quinze jours.

Le jour de la cuisson du pain était pour moi une vraie fête. Je vois encore ma mère, les manches retroussées, pétrir la pâte dans la Maie. Très curieusement c'était les femmes qui faisaient le pain. Les hommes se contentaient de chauffer le four avec des fagots d'épine et de grosses bûches.

Non seulement on cuisait ces bonnes tourtes de seigle, mais on en profitait pour cuire des plats de pomme de terre, des *pompes leques* (bouillie de farine et de lait dans laquelle on mettait des fruits et que l'on mangeait avec une cuiller). Ma mère me faisait une petite tourte que je mangeais avec délice, bien enduite de beurre.

Les voisins en profitaient pour porter quelques plats à cuire au four.

Pendant la cuisson, on m'envoyait à la garnasse* avec une petite serpe, couper quelques branches de genévrier que mon père mettait dans le four chauffé à blanc, après en avoir extrait les braises. Ces branches de genévrier grésillaient dans le four brûlant et dégageaient une odeur un peu acre, puis on enfournait les tourtes.

Pour avoir du pain relativement frais, on faisait échange avec les voisins. On leur donnait quatre ou

---

* *La garnasse était un bosquet de pins.*

cinq tourtes qu'ils nous rendaient lors d
leur pain.

Les tourtes cuites, on les mettait su aies suspendues au plafond, dans la cave. Souvent, il y avait de la perte, la moisissure créée par l'humidité.

Quelquefois, il manquait une ou deux tourtes pour faire la soudure. Munie d'une besace de serge grise, j'allais en quérir deux chez Babille, le boulanger du Vernet, ou bien le dimanche en sortant de la messe, on en prenait chez le *Boulondzeirou* de Saint-Just.

Le bourg de Saint-Just est perché sur le plateau qui domine la plaine du Livradois. On ne le découvre que lorsque on y arrive. Il étale ses maisons le long du chemin qui conduit à Medeyrolles. La vue est magnifique sur la vallée de la Dore qui coule entre Arlanc et Ambert.

Par beau temps, on aperçoit les tours de l'église abbatiale de la Chaise-Dieu puis Arlanc, Marsac, Ambert et les nombreux hameaux disséminés sur les pentes des monts du Livradois ; tout au bas du ravin, Beurrières et Chaumont.

Lorsque le temps est ensoleillé, on voit scintiller les eaux de la Dore à travers les arbres, de même que le train qui circule entre Ambert et Arlanc.

Le bourg est dominé par le clocher de l'église, solide, trapu, avec des murs épais pour résister aux intempéries. L'église de style roman aurait été construite par les moines de la Chaise-Dieu. C'est une église pauvre, la seule de la région à n'avoir pas de vitraux. À l'intérieur, un bel autel de marbre, surmonté de l'inscription dont je n'ai jamais su la signification :

« AUTEL PRIVILÉGIÉ »

L'église possédait quelques belles statues anciennes en bois doré. Malheureusement elles ont été remplacées par des statues en plâtre : Saint-Sulpice ; Notre-Dame de Lourdes, le Sacré-Cœur, Saint-Antoine de Padoue et Saint-Just, patron de la paroisse que l'on porte en procession le soir de sa fête, début septembre.

Comme mobilier, quelques stalles dans le chœur et dans la nef, des bancs. Autour de l'église, le cimetière : en venant à la messe le dimanche, les fidèles allaient prier sur la tombe de leurs défunts. Certains portaient un bouquet de fleurs des champs. Depuis la fin de la guerre de 1914-1918, on a relégué les morts dans un cimetière lointain, difficile d'accès. Les pauvres morts n'y ont pas gagné, car il y a de moins en moins de fidèles qui vont prier sur leur tombe.

L'emplacement du cimetière ancien est devenu une place, avec, au centre, le monument aux morts de la Grande Guerre, régulièrement fleuri par de pieuses mains.

Au bord de cette place, il y avait une fontaine et un bassin circulaire. Les femmes du bourg venaient remplir leurs cruches et laver leur petit linge dans ce bassin. La fontaine était surmontée d'une colonne sur laquelle trônait une petite statue. Cette statue était celle d'un prêtre, le curé Col qui exerçait son ministère sous le Premier Empire.

Voyant ses fidèles peiner pour aller chercher de l'eau à un puits lointain, il fit ériger, à ses frais, cette fontaine en plein centre du bourg. Par reconnaissance, ses paroissiens lui élevèrent une statue, sculptée sans doute par quelque artiste local. Mais, tout a disparu : fontaine, bassin et la statue doit moisir dans quelque local municipal. La reconnaissance est une fleur rare !

Le bourg s'étire en deux rangées de maisons le long du chemin qui conduit à Medeyrolles. Celles de droite ont une vue plongeante sur la vallée. Au bout de celles de gauche, se trouve la mairie et l'école publique.

Vers le milieu, le vieux couvent des sœurs de Saint-Joseph, surmonté d'un clocheton, étale ses murailles grises.

De nombreux artisans, boulangers, sabotiers, charrons tenaient échoppe dans ce bourg. Il y avait une agence postale où l'on pouvait téléphoner. Monsieur Faure, avec sa carriole, transportait le courrier et quelques voyageurs à la poste de Marsac. Deux auberges : Chez Cottin et chez Guillaumont, dit Tabard, servaient repas et boissons. À cette époque, le bourg de Saint-Just était vibrant d'activité.

Tout au fond du bourg, se tenait la boutique de la Celina. Un personnage pittoresque ! C'était une grosse femme, avenante, bonne commerçante, les lunettes sur le front, qui trônait derrière le comptoir de sa boutique. Celle-ci faisait à la fois épicerie, mercerie, quincaillerie : un vrai bric à brac ! La marchandise était en vrac dans des sacs ! Des barils de pétrole voisinaient avec des sacs de sucre. En entrant, on était saisi à la gorge par une forte odeur de café, d'épices et de pétrole ! La boutique était de faible dimension, la marchandise était entassée dans les moindres recoins. Des casseroles, des parapluies étaient suspendus au plafond. Pour se faire servir, il fallait parfois attendre son tour devant la porte.

Un jour, ma mère m'y conduisit pour m'acheter quelques bonbons :

« La Celina : *Bondzour Maria, de que voulez ?*

– Ma mère : *Yeu voudio quoqui boubou per ma petiote.*

– La Celina : *Quan n'in voulez : na lieuro ?*

– Ma mère : *Ho non ! Boutez m'in per dou seu*

– La Celina : *Per dou seu ?* Tenez... »

Elle plongea la main dans le bocal,en retira une poignée qu'elle pliât dans un bout de papier journal.

« Tenez, *n'avez per dou seu* ! *À revire* Maria ! »

II

Chez nous

JE VAIS PEUT-ÊTRE vous surprendre, mais je sais très peu de choses sur mes ascendants : grand-père et grand-mère maternels. Ma mère, lorsqu'il s'agissait de sa famille, était plutôt avare de confidences.

Elle était née dans le Beaujolais, à Mâcon, en 1858, l'année des apparitions de Lourdes.

Marie-Thérèse Tavernier était la cadette de quatre filles. Leur père était instituteur (à l'époque on disait « maître d'école »).

La famille de ma mère était semi-bourgeoise ; ses sœurs, Marie, Joséphine et Virginie avaient de bonnes situations en ville, comme on disait.

Marie dirigeait, à Lyon, un atelier de tissage de la soie avec vingt ouvrières ; Joséphine était l'épouse d'un chef cuisinier qui travaillait dans un grand hôtel à Lyon, celui où était descendu le président de la République, Sadi Carnot, lorsqu'il fut assassiné par Caserio, en 1894.

Virginie était l'épouse d'un juge de paix à Seyssel, en Savoie. Ma mère était la Cendrillon de la famille ! Après la mort de sa mère, elle fut recueillie par une tante qui en fit son héritière. Mais la tante était pauvre et vivait misérablement dans une fermette à Sabattier, petit hameau de la commune de Saillant.

Tandis que ses sœurs avaient une certaine instruction, étant allées en pension chez les Ursulines, ma mère dut se contenter d'un séjour de neuf mois chez des sœurs de Tarrare, dans le Rhône, où elle apprit quand même à lire et à écrire correctement.

Elle souffrait terriblement de sa condition, devant mener la rude vie d'une paysanne, se sentant méprisée, rejetée par ses sœurs.

De taille moyenne, c'était une belle femme à la chevelure noire comme du jais, qu'elle cachait sous le *bonneron* (coiffure auvergnate, sorte de bonnet de toile blanche empesée et dont les bords étaient tuyautés).

Elle était comme toutes les paysannes du pays, vêtue de longues jupes qui balayaient la route, naturellement de couleur noire, car à cette époque les gens ne devenaient pas vieux et les femmes étaient toujours en deuil de quelque parent,ce qui les faisait paraître plus vieilles qu'elles n'étaient.

Elle était chaussée de gros sabots de bois qu'elle faisait sonner sur le pavé cimenté de la cuisine.

Avec mélancolie, elle songeait à ses sœurs, « grandes dames » qui vivaient dans le luxe en ville, portant crinolines de soie, chaussées de fins escarpins, couvertes de bijoux et menant une vie agréable dans de confortables appartements.

Ma mère n'était pas une femme arriérée, elle avait conservé quelques habitudes apprises sans doute chez les sœurs de Tarare : pour manger, il fallait se tenir droit, ne pas mettre les coudes sur la table, ne pas faire de bruit avec les lèvres en avalant la soupe.

Pour éviter la scoliose ou le dos rond, lorsque j'étais dentellière, elle me faisait faire des séances de maintien : les deux poings sur les hanches, les coudes en arrière et rester dans cette position pendant un quart d'heure.

Bien que peu instruite, elle savait quantité de chansons, qu'elle chantait de sa voix chaude et bien timbrée. De même, elle charmait mon enfance par ses légendes où les fées avaient la priorité.

Enfin, elle était d'une grande piété, priant toute la journée tout en faisant son travail. Dès que je sus lire, elle me fit faire la lecture journalière d'un passage de l'histoire sainte ou de la vie d'un saint.

Ma mère avait à peine 19 ans lorsqu'on la maria à Jean-Marie Chautard, du Mas.

Jean-Marie était l'aîné d'une famille de neuf enfants. De taille moyenne, trapu, robuste, travailleur acharné, honnête, pieux, c'était bien l'homme qu'il fallait pour Marie-Thérèse Tavernier. Mais il n'était pas riche, ne possédant qu'une modeste maison et quelques arpents de terre ingrate. Aussi, chaque année, il devait s'exiler pour trouver du travail et gagner un peu d'argent pour faire vivre sa famille.

Il était scieur de long.

Chaque année, on le voyait partir avec l'oncle Jules qui était mon parrain.

Ils quittaient le village aux environs de la Toussaint, portant sur leur dos un lourd sac chargé de ravitaillement et de quelques outils. Leur chantier était situé dans le Val de Loire. Pour y accéder, ils voyageaient à pied jusqu'à Clermont ; la ligne de chemin de fer Vichy-Le Puy n'étant pas terminée, passant par Ambert, Saint-Amand-Roche-Savine, l'Alleyras, Billom, ils abattaient les kilomètres, couchant dans les granges et cassant la croûte au bord du chemin.

À Clermont, le train les transportait jusqu'à Tours et là, ils étaient pris en charge par leur employeur qui les menait au chantier, avec son attelage.

Sur le chantier, ils trouvaient d'autres compagnons, venus d'Auvergne ou du Limousin. De suite, ils se mettaient au travail : une besogne rude !

On installait de grosses billes de bois sur un chevalet, solidement arrimées par des chaînes de fer, l'un des scieurs était juché sur le tronc d'arbre, l'autre dessous sur le sol ; tous deux manœuvraient la grande scie, l'un poussant l'autre tirant, pour débiter planches et chevrons.

On imagine la peine de ces hommes, sciant toute la journée, de l'aube à la nuit, et par tous les temps dehors qu'il pleuve, qu'il gèle, qu'il vente.

Ils étaient logés sommairement dans des baraques sans confort, faites de branchages et de planches qu'ils avaient eux-mêmes confectionnées.

Une femme, la « Mère », leur préparait le repas, composé souvent de soupe, de lard et de pain, suivant les provisions qu'ils avaient apportées.

Le dimanche après la messe, ceux qui avaient un peu d'argent allaient boire une chopine de gros rouge au bistrot du coin.

Passé l'hiver, début mars, ils revenaient au pays. Ils franchissaient toujours à pied la distance Clermont-Saint-Just.

Avant de regagner le Mas, ils s'arrêtaient à Ambert pour faire un bon souper, dans une auberge, située avenue du Pont.

La gargotière, connaissant l'appétit de ces hommes qui avaient franchi tant de kilomètres, leur servait de gros plats de viande. À eux deux, ils en mangeaient jusqu'à trois livres ! Après quoi ils reprenaient le chemin du Mas, où ils étaient accueillis avec joie par la famille.

Après les embrassades, mon père jetait sur la table les poignées de pièces d'or, fruit de son travail, sous l'œil admiratif de ma mère.

Malheureusement, cet or n'était pas destiné à améliorer la situation misérable de la famille, mais bien à acheter quelques lopins de terre pour agrandir la propriété.

Tout cela, je l'ai entendu raconter le soir, à la veillée, au coin du feu les jours d'hiver.

Depuis mon enfance, les hivers ont bien changé : les saisons ne sont plus marquées comme autrefois. C'est une banalité que de dire que dans nos montagnes, les hivers étaient longs et rigoureux.

Déjà, à la Toussaint, la neige faisait son apparition et il y en avait jusqu'a fin février début mars. La neige tombait parfois en une telle abondance que le village était complètement isolé. Faute de moyens pour déblayer la neige, les chemins étaient impraticables. Il n'y avait pas de chasse-neige ! Les hommes déblayaient les chemins à la pelle.

Je me souviens qu'une année, il avait tant neigé que sous l'action de la bise s'étaient formées d'énormes congères. L'une d'elle atteignait la hauteur de la porte d'entrée et de la fenêtre. Pour faire boire les bêtes, on faisait fondre la neige dans des marmites. Pour avoir de l'eau potable, mon père avait creusé un tunnel, sous la neige, jusqu'au puits. Mais c'était rare de voir une telle accumulation de neige devant la porte.

De ce fait, ma mère ne pouvait aller vendre ses œufs au coquetier, bien incapable de venir chez nous. Cela avait un avantage : celui de nous faire manger quelque omelette ou *panlade* ! La *panlade*, spécialité du pays, se fait avec des pommes de terre crues que l'on râpe dans un saladier. On y mélange quelques œufs, un peu de farine, du sel et cela se cuit dans la poêle comme une omelette.

Ma mère avait l'habileté pour tourner les omelettes que l'on cuisait dans une poêle munie d'une longue queue et posée sur les chenets.

Ma mère prenait la poêle par la queue ; des deux mains, elle l'agitait avec énergie et hop ! elle envoyait en l'air l'omelette ou la *panlade* qui retombait dans la poêle, complètement retournée.

Ces longues journées d'hiver étaient pénibles à supporter, mais le pire était la nuit. Dans la journée, on se tenait près du feu, à l'étable pour traire les vaches on n'avait pas froid, mais la nuit, quand il fallait se coucher dans ces chambres, véritables glacières où les murs étaient givrés, quel supplice ! Avec ma sœur, Marie, nous couchions dans la chambre neuve, celle qui donnait sur le Cleuvet. À cette époque, on n'avait pas même l'idée de prendre une brique chaude ou une bouillotte. On couchait moitié habillées, on se blottissait l'une contre l'autre pour se réchauffer et enfouies sous d'épaisses couvertures et sous l'édredon, on finissait par s'endormir. Mais, que de froid j'ai supporté. Il faut que la carcasse humaine soit solide pour ne pas périr de froid au cours de ces hivers interminables.

Dans la monotonie de notre existence, nous attendions avec impatience la fête de Noël.

La veille au soir, on se rassemblait autour de l'âtre : mon père allait sous le hangar chercher une grosse bûche, dont la flamme brillante éclairait la maison.

Vers dix heures, on se préparait pour aller à la messe de minuit. Chaque année sur ce haut plateau, à 1 000 m d'altitude, d'épaisses couches de neige encombraient les chemins. Les femmes s'enveloppaient dans de grandes capes appelées « mantes ». Les hommes prenaient une peau de bique et une lanterne, car la traversée du bois des Combes était très sombre.

Mon père, chaussé de ses grandes bottes, marchait en tête pour nous faire la trace. On voyait ça et là des points lumineux qui bougeaient. C'était les gens des hameaux voisins, de Vareilles, de Combest, des Paulzes, du Cros. On se retrouvait à la Croix verte qui était un lieu de ralliement et c'est en cortège que nous arrivions à l'église toute illuminée de cierges et pleine de fidèles.

À minuit sonnante, les jeunes filles groupées autour de l'harmonium entonnaient le cantique :

« *Il est né le divin enfant* »

Monsieur le curé, revêtu d'une chape tissée de fils d'or, déposait l'enfant Jésus dans la crèche soigneusement ornée et aménagée par les sœurs et les élèves de l'école.

La messe était agrémentée de ces vieux cantiques de Noël pleins de charme et de poésie. Pour une fois, monsieur le curé, qui ne prêchait jamais le dimanche, y allait de son petit sermon.

Après la cérémonie, chacun regagnait son logis, souvent frigorifié, l'église n'étant pas chauffée, et l'on se rassemblait autour de la bûche qui achevait de se consumer avant d'aller au lit.

Je ne me souviens pas si l'on prenait quelque chose de chaud, mais, à l'aube du 25 décembre, on se précipitait dans la cuisine pour voir ce que le petit Jésus avait apporté dans nos sabots.

Pas question à cette époque de Père Noël qui est une invention étrangère : c'était le petit Jésus en personne qui se donnait la peine de descendre par la cheminée.

Mais qu'ils étaient modestes ses cadeaux, comparés à ceux d'aujourd'hui ! Pas même une balle pour les filles, pas un jouet ! Des noix, des pommes et parfois une pipe en sucre : mais un rien faisait plaisir.

Chez nous, on ne faisait pas le réveillon : huîtres, foie gras, dinde aux marrons, champagne, tout cela était pour nous chose inconnue.

On faisait cependant le repas de Noël avec les produits du pays. Ce jour-là on mangeait de la viande de boucherie, ce qui nous changeait un peu de la sempiternelle cochonnaille.

Dans un bourg voisin, il y avait un boucher qui achetait les vieilles carnes ; faute d'abattoir, il tuait les bêtes dans sa remise. Sa femme débitait la viande par quartiers, à grands coups de hachoir ! Il n'était pas question de beefsteacks ni d'escalopes, mais des quartiers pris dans la masse.

Elle enveloppait cette bidoche dans un grossier papier jaune, couleur paille. Mon père qui n'y connaissait rien prenait le premier quartier venu, sanguinolent, avec une épaisse couche de graisse. On faisait cuire cette viande dans une grande marmite. Avec cette barbaque dégoulinante de graisse, mon père se régalait ! « Plus c'est gras, meilleur c'est » disait-il.

Ma mère et moi qui n'aimions pas le gras, tentions de trouver un petit morceau de maigre, mais bien peu ! Et le Jean-Marie qui avait un gros appétit s'envoyait tout le bloc ! Il avait un bon estomac ! Il aurait digéré des clous ! Ce jour-là, on avait droit à une tasse de café.

Le dimanche avant Noël, ma mère allait chez la Celina, acheter pour cinq sous de café. L'épicière prenait dans un bocal une poignée de grains de café qu'elle mettait dans un cornet en papier : « Tenez ! disait-elle, en voilà pour cinq sous ! »

Naturellement, on n'avait pas de moulin pour moudre cette précieuse denrée. On écrasait les grains avec une bouteille, sur du papier journal.

La cafetière était sans filtre ; ma mère avait tricoté avec du coton une sorte de chaussette. On mettait le café écrasé dans la chaussette et on versait par-dessus de l'eau bouillante. Comme le liquide était un peu pâle, on le noircissait avec de la chicorée. C'était vraiment du « jus de chaussette » que l'on sucrait avec des morceaux de sucre cassés à coups de marteau sur le pain en forme de cône, enveloppé de papier bleu, et que l'on fermait à clef dans l'armoire, comme un trésor précieux.

Un jour, on reçut la visite d'un oncle. Pour l'honorer, ma mère voulut lui offrir une tasse de café ce qui, à l'époque était un luxe. Elle mit bouillir de l'eau dans une casserole et s'en alla à l'étable. La vieille tante, voyant bouillir cette eau, pensa que c'était pour la soupe. Elle mit une pincée de sel et du beurre. Ma mère qui ne se doutait de rien, se servit de cette eau pour passer le café. On servit l'oncle : à la première gorgée, il fit la grimace ! Le café était salé ! Croyez-vous qu'on l'ait jeté ? Pas du tout ! On l'a bu tel que : chez nous pas de gaspillage !

III

Nos voisins

Le Mas, hameau minuscule, ne comptait que cinq feux, disséminés sur les flancs du plateau. Les maisons de pierres grises avaient autour d'elles un large espace, avec une cour où s'ébattaient poules et canards, plus un jardin potager et un enclos entouré d'un mur en pierres sèches où l'on mettait les cochons.

Devant l'étable, il y avait toujours une fosse pour le fumier. Le purin s'écoulait dans le jardin où l'on cultivait quelques légumes, des choux, des salades et au printemps des haricots qui fleurissaient de rouge. Les pois étaient semés dans les champs d'avoine ou d'orge, les tiges servant de tuteur.

Sans doute parce que beaucoup de familles avaient le même nom, on les désignait par un sobriquet.

Clémence dite « la Grise » était ainsi surnommée parce que chez elle, tout était « gris ». Ses cheveux, son visage, ses vêtements, tout était gris y compris les murs de sa maison. Elle était affligée d'un mari gueulard et irascible. Mais c'était une brave femme. On la voyait, gardant ses vaches, appuyée contre le mur de clôture de son enclos, abritée du vent et de la pluie par un grand parapluie de toile bleue. Légèrement voûtée, avec une seule dent sur le devant, elle faisait songer à la fée Carabosse.

Son mari, « le Gris », était un homme corpulent, toujours en colère. On l'entendait de loin crier après son chien, sa femme, son fils, ses vaches, le tout ponctué de « nom du bon Dieu », à en faire frémir.

À Paris, il avait été employé du Gaz et il en avait rapporté la mentalité révolutionnaire des ouvriers de ce temps.

Un jour, ma mère prit son courage à deux mains ; elle alla le trouver pour lui faire des reproches :

« Vous ne devriez pas jurer comme cela ! Profaner le nom de Dieu, c'est un péché. Vous n'avez pas peur que le bon Dieu vous punisse ?

– Le bon Dieu ! le bon Dieu ! Y en a pas de bon Dieu ! C'est une invention des curés…

– Eh bien ! Vous irez avec le Diable !

– Le Diable ? Je l'ai déjà ! Il est dans ma bourse ! »

Bien sûr, le Gris continua à jurer mais lorsqu'il voyait ma mère, il s'abstenait de le faire. La leçon avait porté.

Les « Gris » avaient un fils : François. Affligé d'un pied bot, obligé de se servir d'une canne, il allait par les chemins, clopin-clopant.

Les voisins, peu charitables et toujours prompts à se moquer des infirmités d'autrui, l'avaient affublé du surnom de « Cinq et Trois ».

De taille moyenne, chauve, bedonnant, une épaisse moustache lui mangeant une partie du visage, de petits yeux porcins, le personnage n'avait rien d'engageant ; son moral était à la hauteur de son physique : anticlérical comme son père.

Dans le hameau, les gens ne s'exprimaient qu'en patois ! Lui parlait français avec cet accent pointu de « Paname ». Les gens se moquaient de lui, disant que c'était « un Parigot gros bec » !

Le dimanche, il s'habillait comme un « Monsieur » ! Chapeau melon, cravate et costume de bonne coupe, à la main une canne à pommeau d'argent.

Il allait au bourg de Saint-Just, non pour aller à la messe, mais pour boire à l'auberge.

Chez Tabard, dans la salle du café, il y avait un piano mécanique. Cinq et Trois mettait deux sous dans la tirelire ; quelques tours de manivelle et l'instrument égrenait ses notes métalliques, jouant des valses, des polkas, à la grande joie des clients de l'auberge.

Pendant que la musique dévidait ses mélodies, notre homme se faisait apporter une chopine de gros rouge qu'il buvait avec délectation. Après cette chopine, une autre, puis encore une autre, si bien qu'il rentrait à la maison passablement éméché. Il en était de même tous les dimanches.

À l'occasion, la pauvre Clémence venait conter à ma mère ses difficultés pour vivre avec deux hommes pareils. Ma mère la consolait comme elle pouvait, sans toutefois s'immiscer dans les affaires de famille. Plus tard, Cinq et Trois, voué à une oisiveté endémique, en profitait pour venir bavarder avec nous. Il nous racontait ses malheurs conjugaux : sa femme l'ayant plaqué et déménagé à la cloche de bois.

« Mais où est-elle votre femme ? questionnait mon père. Vous pouvez la faire chercher et ramener par la police. L'abandon du foyer conjugal est un délit.

– Ah, la garce ! Elle est partie en Belgique ! Comment faire pour la ramener ? Si encore, elle m'avait laissé les meubles, mais un soir où je m'étais absenté pour une réunion avec des copains, en rentrant j'ai trouvé la maison vide !

– Des femmes ? On peut en trouver d'autres, mais les meubles… »

C'était par un bel après-midi de printemps. Je gardais les vaches au lieu-dit Le Grand Pré. Je tricotais une layette pour une petite cousine qui venait de naître, ma chienne Finette couchée à mes pieds.

Soudain, elle se lève et part comme une flèche en aboyant furieusement. Je lève la tête et je vois Cinq et Trois descendant clopin-clopant le chemin de Veilhette.

M'ayant aperçu, il obliqua dans ma direction.

« *Miséricorde !* pensai-je, *je me passerais bien de la visite de cet individu qui a la triste réputation de coureur de jupons.* »

« Hé ! Bonjour, Clémentine !

– B'jour, fis-je sans lever la tête.

– Alors, on tricote ?

– Et oui ! Comme vous le voyez, je tricote.

– Il fait bon aujourd'hui.

– C'est vrai, il fait bon.

– Quand je t'ai aperçu je m'suis dit : tiens je m'en vais lui dire bonjour.

– Hem ! Hem !…

– Tu sais Clémentine. Je… je… t'ai… t'aime… beaucoup !

– Et moi, je ne vous aime pas. Vous oubliez que vous êtes marié et que c'est un péché d'aimer une autre femme. Vous avez dû apprendre cela au catéchisme !

– Le catéchisme ? Ah oui, je m'en souviens.

– Qu'est-ce Dieu ?

– Dieu ? C'est un petit homme bleu qui fume sa pipe au coin du feu !

– Ne dites pas de bêtises…

– Je ne dis pas de bêtises, mais tu sais que ma femme m'a plaqué !

– C'est parce que vous étiez un trop bon mari…

– Ah la garce ! Si encore elle m'avait laissé le magot ! Mais elle a tout emporté : les meubles et l'argent.

– Plaie d'argent n'est pas mortelle !

– Tu dis ça, toi. Mais au fait, tu n'es guère aimable aujourd'hui. Je le dirai à ta mère.

– Dites-le à ma mère si vous voulez, mais fichez-moi la paix ! »

Cinq et Trois reprit son chemin en grommelant sans doute quelques injures à mon égard.

Zelemour, pour une fois ce n'était pas un sobriquet, mais bel et bien le prénom de notre voisin du dessous. Ce prénom, Zelemour, sonne bien mais il est insolite et ne se trouve pas dans les saints du calendrier.

Toujours vêtu, hiver comme été, d'un pantalon et d'une veste de grosse laine couleur de terre, un éternel mégot aux lèvres qu'il rallumait sans cesse avec son briquet à amadou, on le voyait tous les matins devant sa grange préparant le fourrage pour les bêtes. C'était un homme de bonne compagnie, serviable et pacifique.

Sa femme, la « Génie », venait chaque matin rincer ses bichons à la conche, qu'elle nettoyait avec une poignée d'orties (pour ceux qui l'ignorent, les bichons sont de grands pots de terre où l'on mettait refroidir le lait).

Cette femme qui ne savait ni lire ni écrire, avait un répertoire d'une variété incroyable de contes, de légendes, qu'elle savait fort bien raconter. Certains soirs d'hiver, elle rassemblait les enfants du hameau qu'elle captivait. Bien sûr, cela ne volait pas très haut, mais les enfants, privés de distractions, n'étaient pas très exigeants. Voici l'une de ces historiettes que j'ai retenue :

« Miette était une bergère très pauvre : elle ne possédait que trois chèvres et un bouc qu'elle menait paître le long des chemins. C'était au temps où les bêtes savaient parler.

Avant de ramener les bêtes à l'étable, Miette les interroge :

– *A bien mandzo*, Blanchette ?

– *Oh voué !*

– *A bien mandzo* Brunette ?

– *Oh voué !*

– *A bien mandzo* Finette ?

– *Oh voué !*

– *Et tiu greu carcamé* (« vieux bouc ») *a bien mandzo ?*

– Pa guare pas guare ma qoque cri de bouissous que foutiu le coucouissou… BE E E E E E. »

(Pas guère pas guère mais quelques pousses de buisson qui m'on foutu le « *courcouissou* *» !)

Chez le Zelemour, il y avait deux enfants à peu près de mon âge : Joseph et Sophie. On se voyait le dimanche à la messe mais en dehors de là, on ne se fréquentait pas.

Mais la « Génie », nous l'aimions bien, elle savait donner un peu de rêve à nos tristes vies de petits paysans.

La maison Les Marmandes se trouvait au bas du hameau, tout près du « Coudert » – ainsi appelle-t-on chez nous un terrain gazonné –, à la lisière de trois chemins : l'un conduisant à Baffie, l'autre à Chaillargues, le troisième à Saint-Priest.

Au carrefour, une vielle croix de pierre, grossièrement taillée, mais fort ancienne, rongée par les intempéries, souvenir sans doute de quelque lointaine mission.

En bordure du coudert, le *grifoulier*, touffe de houx de plusieurs mètres de hauteur.

La maison des Marmandes, dont les murs extérieurs étaient peints en blanc, était la plus belle du hameau.

La Gustine et la Génie étaient célibataires. Elles vivaient avec leur père, un malade, perclus de rhuma-

---

* *Mot intraduisible signifiant quelque chose qui étrangle.*

tismes qui ne quittait guère son fauteuil auprès de l'âtre. Ses filles le soignaient avec beaucoup de dévouement.

L'aîné, la Gustine, était une grande fille, sèche, mince, un volumineux chignon sur le crâne. Autoritaire, elle assurait la marche de la maison.

Sa sœur, la Génie, était petite, boulotte, l'air très doux et placide, et qui était un peu la bonne de la maison.

Les Marmandes n'avaient pas de vaches, mais une importante basse-cour de poules, d'oies et de canards. Tous ces volatiles étaient confiés à la garde d'un neveu, André, qu'elles recueillaient pendant les vacances.

Mais ce galopin aimait mieux courir après les papillons, grimper aux arbres pour dénicher les oiseaux, si bien que les poules se répandaient dans les orges et les avoines des champs voisins, piétinant les tiges, ce qui ne manquait pas de provoquer la colère des propriétaires des champs.

Mes parents possédaient un pré, la Safranière, situé juste derrière la maison des Marmandes. Lorsque j'allais y garder les vaches, souvent la Genie venait me tenir compagnie.

Un jour que je me rendai à ce pacage, j'aperçus la Gustine devant sa porte.

Je m'avance pour la saluer :

« Bonjour Gustine, comment va votre père ?

– Mon père ? Ça va ! ça va ! répondit-elle sèchement.

– Mais ! Vous êtes fâchée ?

– Oui ! je suis fâchée ! Ma sœur et moi sommes fâchées !

– Mais, je ne vous ai rien fait !

– Non ! pas vous ! Mais votre père… !

– Mon père ? Mais qu'est-ce qu'il vous a fait ?

– Il est venu nous insulter, nous faire des reproches ! Pour deux ou trois poules qui avaient piétiné son avoine, il a menacé de prendre son fusil et d'abattre les poules qui se trouveraient dans sa propriété. Il criait comme un sauvage ! Nous n'aurions jamais cru cela de lui ! Prendre un fusil !

– Un fusil ! Oh laissez-moi rire ! Il y a bien un fusil à la maison, mais il est tout rouillé. Je n'ai jamais vu mon père s'en servir : il n'est pas chasseur.

– Oh ! il ne faut pas nous en vouloir : nous aimons bien avoir de bonnes relations avec nos voisins. »

La porte se referma brutalement. J'étais perplexe et affligée de cet incident fâcheux. De retour à la maison, je fis part à ma mère de l'algarade que j'avais reçu de la part de Gustine.

« C'est fini ! Elles ne voudront plus nous voir, pour une histoire de poules.

– Ne dis rien au père, me souffla ma mère, tu sais comme il est vif !

– Patience ! Le temps arrange bien les choses … »

La bouderie dura quelques jours, puis les bonnes relations se rétablirent à ma grande satisfaction.

Nos voisins

Après ces incidents, la Gustine était vigilante et si elle voyait quelques poules s'éloigner de la cour, de sa voix stridente on l'entendait crier :

« André é é é é, tes pou ou ou ou ou les ! »

André prenait un bâton et ramenait sans ménagement les volatiles récalcitrants qui caquetaient bruyamment.

Au bas du village se trouvait la maison de l'oncle Jules, le frère de mon père.

Comme lui, il était scieur de long. J'aimais beaucoup mes cousins : Émile et Angèle qui était ma meilleure amie. Souvent, nous sortions ensemble pour aller dans les parages voir la parenté. C'était une personne très douce et particulièrement dévouée. Peu avant la guerre de 1914-1918, elle devait partir chez les sœurs de Saint-Vincent-de-Paul. Émile étant mobilisé, elle ne voulut pas laisser seule sa belle-sœur avec des enfants encore petits. Ce n'est qu'en 1919 qu'elle se rendit au noviciat, rue du Bac, à Paris.

Émile était très habile de ses doigts : il avait monté un atelier de menuiserie et sans aucun apprentissage, il savait faire de petits meubles, des cloisons, des planchers. Il avait rendu la maison paternelle très confortable.

Sur le chemin qui conduit à Chemintrand se dressait une ferme isolée. Là, vivaient « le Glaude » et « l'Armeline », des gens très pauvres.

Le Glaude, veuf, était le type même du paysan, trapu, solide, le visage buriné par les intempéries. Il ne possédait qu'un petit troupeau de moutons et quelques chèvres. Autour de la maison, un verger de pommes sauvages appelées « Pons tsagnis », dans le langage du pays.

Du coté de Foucheirand, il possédait un pré et au temps de la fenaison, n'ayant pas d'attelage pour rentrer le foin, il le portait à la pointe d'une fourche dans sa grange. Les gens du hameau le voyaient peiner, mais personne ne lui prêtait main forte. Le pauvre homme en faisait des va et vient !

Sa fille Armeline était une belle jeune fille, très brune. Je la rencontrais parfois en gardant mes bêtes, elle avec ses moutons. Elle avait des doigts de fée, brodant des nappes de lingerie fine pour les belles dames de la ville.

C'était une personne très gentille, très douce. Elle ne se consolait pas de la mort de sa mère emportée par une phtisie.

Cette ferme isolée se nommait le « Thrive », juste au pied de la colline : elle faisait partie de la paroisse de Baffie, mais elle n'était qu'à quelques centaines de mètres du Mas.

Enfin, pour conclure, il existait une autre ferme, tout près de chez les Marmande appelée L'Aighuillon, sur la commune de Baffie. Là, vivait une famille nombreuse dont les enfants, les uns après les autres, émigraient à Lyon où ils trouvaient facilement du travail.

IV

Veillées et marchés

J'AVAIS À PEINE QUATRE ANS, lorsqu'on me mit un carreau entre les doigts : le seul jouet que j'ai jamais eu.

C'était la coutume : les fillettes devaient apprendre très jeunes à faire de la dentelle, ce qui était pour les femmes le moyen de gagner quelques sous.

Les jeunes qui liront ces lignes ne savent sans doute pas ce que c'est qu'un carreau ; ils n'en ont jamais vu, à moins d'en découvrir un dans quelque grenier ou dans un musée.

En voici une brève description : un gros tambour rembourré d'étoffes, monté sur un axe, fixé sur une monture en bois, souvent orné d'images pieuses. Sur le tambour est fixé un carton portant des dessins à reproduire et percé de petits trous : un lot d'épingles à têtes multicolores retient le carton et fixe le dessin. Enfin les fuseaux que les dentellières font danser de leurs doigts agiles.

Au fur et à mesure qu'elle se fait, la dentelle est pliée sur un carton, et remise dans un petit tiroir placé sous le tambour.

Chaque dentellière avait un touret pour garnir les fuseaux de fil blanc. Dans les gros bourgs, il y avait une leveuse qui chaque mois venait prendre la dentelle. Elle était mesurée avec une « aune », sorte de règle plate de soixante centimètres. Puis elle remettait à chaque ouvrière un dessin piqué sur un carton.

Ce travail d'artiste était bien mal payé : pour gagner vingt sous dans la journée, il fallait commencer de bonne heure le matin et finir tard dans la soirée.

L'avantage pour nous, filles de paysans, c'est que nous pouvions emporter nos carreaux aux champs et faire de la dentelle tout en gardant nos vaches.

Pendant les longues soirées d'hiver, on se groupait dans le *Gabinet* *. Sur une table, on mettait au milieu un

---

* *Petite pièce à côté de la cuisine.*

chaleil, autour de grosses carafes remplies d'eau de pluie. Ces carafes, telles des loupes, concentraient un faisceau lumineux sur le carreau. Il suffisait que les dentellières s'installent au bon endroit sur leurs chaises de paille.

Au début je ne pouvais faire que de la chaînette, puis avec patience et persévérance, je pus faire la dentelle comme les grandes personnes.

Pendant ces veillées, les langues marchaient aussi bien que les doigts. Quand on allait veiller chez la Génie de chez le Zelemour, on ne s'ennuyait pas. Cette femme avait le don de captiver les enfants par ses contes et ses histoires.

On priait aussi : ma mère avait une grande dévotion pour saint Jean-Francois-Régis, l'apôtre du Vivarais.

Saint Jean-François-Régis est le patron des dentellières ; dans beaucoup d'églises de la région, il a sa statue et il était très vénéré à l'époque.

Bouleversé par la misère qui régnait dans les campagnes après les guerres de Religion, saint François-Régis répandit l'usage de la dentelle, importée d'Espagne ou d'Italie au XVe siècle, pour aider les femmes et les jeunes filles du pays, et les sortir de leur misère. Peu à peu, cet art de la dentelle du Puy se propagea jusque dans notre région du Livradois-Forez.

Ma grand-mère, ma mère, mes tantes étaient toutes dentellières.

Jusqu'aux années 1830, la fabrication de la dentelle était l'occupation de la majeure partie des femmes et des jeunes filles.

Sur le pas de leur porte, dans les carrefours, sur les places, sous un arbre ou à l'abri d'un mur, on apercevait, ces dentellières, raides et gracieuses, groupées par dix, vingt, trente, le carreau sur les genoux et de leurs doigts agiles, elles faisaient valser les fuseaux enroulés de fils, plantant des épingles multicolores sur le carton à dessin, et faisant avancer le rouleau de la dentelle qui s'allongeait.

À la fin de chaque mois, on mesurait la dentelle avec l'aune, et on la portait chez le leveur.

À Marsac, c'était monsieur Petrus Granet ! Le tout était apporté à Arlanc ou à Craponne qui étaient les centres des dentellières de la région.

J'ai retenu quelques bribes d'une chanson d'un auteur régional :

« Sur mon carreau je fais de la dentelle
Dès le matin, jusqu'à la fin du jour
De mon carreau la garniture est belle
Rubans, velours le bordent tout au tour
Avec les mains, la langue aussi travaille
On prie, on chante, on dit son petit mot
Sur l'œil du voisin dont on cherche la paille... »

Étant petite, je n'ai jamais possédé un jouet, pas même une poupée de deux sous. À la maison comme chez tous les paysans, on ne connaissait que le travail. S'amuser, jouer, était une perte de temps. Il fallait aider aux soins du ménage, aller chercher le bois pour alimenter le feu, aider la mère dans différentes besognes.

En plus de la dentelle au carreau, on apprenait aux petites filles à tricoter la laine avec des aiguilles – une maille à l'endroit, une maille à l'envers. On apprenait aussi à tricoter au crochet : bref, il fallait s'occuper sans arrêt.

Par contre, le dimanche était un jour de repos complet ! Ma mère, avec la permission de monsieur le curé, passait ses après-midi à coudre, à ravauder, à réparer les frusques du Jean de Roubis, un mendigot sympathique, un peu simplet, qui mendiait son pain de maison en maison…

Des loisirs ! Nous n'en avions guère : on ne savait pas ce qu'étaient les vacances ! Dimanches et jours de fêtes ne nous dispensaient pas du travail quotidien : traire les vaches, les conduire au pâturage, faire boire les veaux, faire la pâtée pour les porcs, et cela sans compter tous les soins du ménage.

Pour les distractions, c'était autre chose ! Il y avait les foires où l'on se rendait souvent et pour le moindre prétexte, ne serait-ce que pour acheter le couvercle d'une marmite ou d'une lessiveuse.

J'aimais bien flâner autour des bazars, voir du monde et rencontrer parfois des parents éloignés.

À la maison, à part *La Bible*, *La Vie des saints* et quelques livres de classe, il n'y avait rien pour lire : ni romans, ni revues, ni journaux.

Mais il y avait les veillées, pendant les jours d'hiver. Les vieux racontaient des légendes sur le Loup-Garou, le Letien, la fée Carabosse, le Juif Errant.

Tout cela me faisait rêver quand j'étais petite.

Il y avait la fête, quand on tuait le cochon, puis en septembre, la fête patronale : la Vogue !

Le matin, il y avait la messe et la procession en l'honneur de saint Just.

L'après-midi, mes sœurs et moi dévorions le père pour qu'il nous emmène à la fête balladoire.

Cela consistait à aller boire un verre de limonade dans l'une des auberges du bourg : il y en avait deux.

Bien sûr, il y avait le bal ! Mais, pas question pour nous d'y participer. Ma mère, très pieuse, considérait la danse comme un instrument de perdition.

De plus, je faisais partie de la congrégation des enfants de Marie, et monsieur le curé interdisait à ses membres d'aller au bal sous peine d'exclusion.

D'ailleurs, ces bals avaient lieu dans des conditions épouvantables.

Imaginez une salle d'auberge, de dimension modeste. Tout autour de la salle, le long des murs, des tables, remplies de buveurs de gros rouge, parlant bruyamment dans un vacarme infernal. Sur une table était juché le musicien, un accordéoniste, une chopine de vin et un verre à ses pieds. Dans le petit espace entre les tables, les danseurs, les uns sur les autres, avaient du mal à évoluer, se bousculant mutuellement, dans une chaleur d'étuve, dans une atmosphère tabagique. Lorsque les danseurs de bourrée faisaient claquer leurs talons sur le parquet, en criant des *if if hou*, des nuages de poussière montaient du sol, envahissaient la pièce et l'air devenait irrespirable.

Il fallait bien être un mordu de la danse pour évoluer dans des conditions semblables.

Pour moi, la plus grande distraction était d'aller à Viverols, un gros bourg chef-lieu de canton. Pour y accéder, on prend le chemin du Thrive, Charrier, Chemintrand. Là, on trouve la grand route d'Ambert à Viverols qui n'est qu'à trois ou quatre kilomètres.

À l'entrée, dominent les ruines d'un château ayant appartenu, paraît-il, à Eleonore de Baffie. Le bourg est tout en longueur, sur la route qui va à Usson-en-Forez. Je me souviens qu'au fronton de l'église, il y avait une inscription en grosses lettres : « *DOMUS DEI* » (« la maison de Dieu »). C'est dans cette église que j'ai reçu le sacrement de confirmation.

Tout près de l'église, la grande place du marché. Du fait de sa situation au carrefour des départements de la Loire et de la Haute-Loire, les foires y étaient prospères.

On parlait beaucoup d'un original : Hector Granet. Cet homme était greffier. Il avait monté un petit musée où l'on pouvait voir des tableaux de maîtres. Lorsque son père mourut, il fit construire une chapelle, un mausolée en verre, rempli d'alcool et dans lequel il mit le cadavre de son père. Certains jours, il prenait son accordéon et allait jouer devant le mausolée les airs favoris du paternel.

Personnellement, je n'ai vu ni le musée ni le mausolée, mais je tiens ces renseignements de personnes dignes de foi. Dans les cafés, dans les auberges, les hommes se gaussaient de ses excentricités.

À Viverols, le marché avait lieu le mardi et, à la morte saison, on y allait pour le moindre prétexte : pour acheter un couvercle de casserole, une pelote de ficelle, des clous pour ferrer les sabots et les galoches, mais aussi et surtout pour vendre le bétail.

Lorsqu'on avait élevé un joli coq bien gras, bien dodu, ma mère allait le vendre aux gendarmes, à mon grand détriment, car moi, qui n'aimait pas le lard, j'en aurais bien mangé une cuisse bien rôtie, mais les choses étaient ainsi !

J'accompagnais mon père lorsqu'il allait vendre un veau. Je regardais le manège des marchands et des maquignons qui jouaient la comédie. Ils s'approchaient d'un air patelin :

« Combien la bête ?
– Telle somme !
– Vous vous foutez du monde ? »

Et le marchand faisait semblant de partir… Il revenait au bourg d'un instant :

« C'est toujours la même somme ? Vous en rabattrez bien un peu !
– Je n'en rabattrai rien ! C'est à prendre ou à laisser… »

Suivaient d'interminables palabres : finalement le veau était vendu, pesé et l'homme, sortant de la poche de sa blouse un portefeuille bien garni, finissait par payer le prix convenu.

Mon père encaissait l'argent et en portait une partie à la Caisse d'épargne qui donnait royalement trois pour cent d'intérêt.

Comme il était déjà tard, mon père me disait parfois :

« Nous allons dîner à l'auberge. »

J'étais contente, car je me disais : « *Pour une fois je ferai un repas convenable !* »

L'auberge était archicomble de marchands qui discutaient bruyamment et nous eûmes du mal à trouver une place. Nous étions serrés comme des sardines dans une boîte. On finit par trouver un petit coin, que nous partagions avec deux femmes.

En les entendant parler patois, je compris que ces deux femmes n'étaient pas de la région ; peut-être de la Loire ou de la Haute-Loire, les deux départements limitrophes.

Au menu, on nous apporta un plat de pommes de terre au four, puis un morceau de rôti de veau. Je me régalais, mais je vis les deux femmes scruter avec attention la sauce du ragoût. Elles hésitaient à se servir, puis appelant la patronne, elles lui dirent tout de go : « *Voutri triffis sont grassi feino, nous faris danmna !* » (« Vos pommes de terre sont grasses, vous nous ferez damner »).

Certes on était au temps du carême, et le scrupule de ces deux bonnes femmes était de bon aloi. La patronne répondit :

« Mes “triffes” (pommes de terre) ne sont pas grasses : j'ai mis simplement du beurre pour les préparer, ce qui n'est pas interdit ! »

Rentrant à la maison, ma mère me dit : « Qu'as-tu vu à Viverols ? »

Je lui racontais des banalités, faute d'avoir des distractions plus réjouissantes.

Ainsi, on le voit, il en fallait peu pour rompre la monotonie de notre existence dans ce coin isolé.

V

Mes écoles chez les sœurs

J'AVAIS SEPT ANS lorsque ma mère me conduisit à l'école des sœurs dans le bourg de Saint-Just.

Le siège de l'école était un ancien couvent, aux murs épais et, côté rue, d'aspect rude et rébarbatif. Les ouvertures donnaient du côté du couchant.

De la cour de récréation, la vue était superbe sur la vallée telle que je l'ai décrite précédemment.

Toutes les filles de la paroisse venaient apprendre les rudiments de la lecture et autres connaissances.

En me présentant aux sœurs, ma mère, je ne sais pourquoi, leur recommanda de me gifler avec vigueur si je n'étais pas sage. J'en fus d'autant plus attristée que l'une des religieuses, la sœur Topiot, avait la main plutôt leste.

On m'invita à déposer dans un placard mon linge et mes vêtements. Puis, il fallut apporter à la cuisine le ravitaillement pour la semaine : lard, jambon, pommes de terre, etc.

Il en était ainsi pour chaque élève. Pour la nourriture, les sœurs ne s'embarrassaient pas de considérations culinaires. Elles fourraient tout dans la même marmite et midi et soir on nous servait une tambouille guère plus appétissante que la soupe de chez nous.

Contrairement à mes compagnes, je savais parler français, ma mère ayant tenu à m'apprendre cette langue, dès ma plus tendre enfance. Mais beaucoup de filles, surtout celles des hameaux isolés ne parlaient que le patois, sorte de langue d'oc.

J'appris à lire rapidement, par les méthodes en usage à cette époque : un grand abécédaire sur lequel on me faisait épeler lettre par lettre.

Je ne tardais pas à monter dans la classe des grandes où l'on apprenait la lecture, l'écriture, l'orthographe, les quatre opérations d'arithmétique, la géographie de la France, les départements, le nom des fleuves et des cours d'eau.

Les sœurs étaient au nombre de trois : deux enseignantes et la Supérieure qui gérait la marche de la maison, aidée d'une petite bonne pour le ménage et la cuisine.

Comme chacune, j'avais mes préférences dans le choix de mes amies. En plus de ma cousine Angèle, j'aimais beaucoup l'Anne-Marie du Mont.

Pendant longtemps, je suis restée en relation avec elle, même après mon mariage.

Par contre, l'enseignement des sciences et des mathématiques était à peu près nul ! Sauf les unités du système métrique.

À cette époque, vers la fin du XIXe siècle, les paysans utilisaient encore l'ancien système. Il n'était question que d'arpents, de cartonnée, d'aune, de setier, et le quintal n'était pas le quintal métrique mais la moitié.

Pour la lecture, nous avions un livre très intéressant : *Le Tour de France par deux enfants*. André et Julien, son frère, partent faire le tour de France de ville en ville : ils apprendront sur place la géographie, l'industrie, le commerce…

Ce sont des enfants pieux, qui font leurs prières, bien élevés, aimant profondément leur patrie, cruellement blessés par la perte de l'Alsace et de la Lorraine.

C'est à l'aide de ce livre que les sœurs, avec une patience d'ange, apprenaient le français aux petites campagnardes.

La discipline était stricte ! Les sœurs punissaient à la moindre incartade ! Elles ne nous battaient pas, mais elles infligeaient une punition fort humiliante : le port du chapeau d'âne !

Ce chapeau était une coiffe dotée de deux longues oreilles. Celles qui en étaient coiffées devaient le porter une partie de la journée aussi bien en classe qu'aux récréations.

Les jeudis, jours des visites, les punies devaient rester dans le couloir près de la porte d'entrée pour que les visiteurs les voient !

Cette punition, qui nous paraît stupide, était dans la mode du temps. Souvent les pauvres gamines ainsi coiffées pleuraient avec de gros sanglots. Parfois, les sœurs se laissaient attendrir et la Mère Supérieure levait la punition.

Une certaine année – c'était un 19 mars, jour de saint Joseph, patron de la congrégation – le curé de la paroisse, Jarleton, et son vicaire, l'abbé Verdier, étaient invités à l'école pour une cérémonie à la chapelle.

En entrant dans le vestibule, que voient-ils ? Une pauvre gamine, Anne-Marie, coiffée du chapeau d'âne et qui pleurait toutes les larmes de son corps.

« Oh ! Oh ! fit le curé qui était plutôt bonasse. Qu'est-ce que je vois ? Ma sœur, je vous le demande, ôtez ce chapeau à cette gamine ! Aujourd'hui, c'est fête et il n'est pas convenable que cette pauvre enfant soit punie de cette sorte. »

Sans mot dire, la sœur Topiot enleva la coiffe d'infamie et poussa la gamine vers les autres élèves, en rang dans le couloir pour recevoir monsieur le curé et son vicaire.

Pour être admis à la première communion, il fallait quatre années de catéchisme. Dès l'âge de sept ans, il fallait suivre les cours, donnés par le vicaire.

Certaines élèves, ne sachant pas lire, n'étaient point dispensées d'apprendre leurs leçons. Les sœurs de l'école leur serinaient les réponses qu'elles apprenaient par cœur. Elles étaient ainsi capables de répondre ou du moins d'ânonner les réponses aux questions posées par le prêtre.

Sachant lire couramment, il ne me fut pas difficile de conquérir la première place que je conservais jusqu'à la communion ; ce qui ne manqua pas de susciter la jalousie de certaines de mes compagnes.

Le catéchisme en usage était un livre de format modeste, recouvert d'une toile de couleur noire. C'était le catéchisme du curé d'Ars ! Il y avait en exergue : « Catéchisme du diocèse de Belley ! »

Certaines réponses étaient longues et obscures, mais le vicaire ne donnait aucune explication ! Il suffisait de savoir par cœur, sans sauter une virgule pour avoir une bonne note.

Je n'avais aucune idée de ce qu'étaient les hérétiques, les schismatiques, les apostats, les excommuniés, tous les gens en dehors de l'Église.

Chaque leçon était notée de zéro à dix et chaque mois, monsieur le curé venait lire les notes et placer chacun selon le nombre de points obtenus. Il y en avait donc qui montaient au détriment de celles qui descendaient.

Cela provoquait des drames familiaux ; chacun ayant sa fierté, son amour-propre, pour ne pas dire son orgueil.

Pour stimuler l'émulation, les curés avaient trouvé une coutume bizarre. Pour faire descendre celles qui avaient les premières places, on pouvait les attaquer !

Au début de la leçon, le vicaire disait :

« Laquelle voulez-vous attaquer ?

– La Clémentine !

– Sur quel chapitre ?

– Sur un tel chapitre ! »

Et voici que celle qui m'attaquait avait choisi un chapitre particulièrement difficile. Mais je ne bronchais pas et je répondais sans hésitation aucune aux questions posées. Douée d'une bonne mémoire, je pouvais subir les assauts de mes compagnes qui regagnaient leur place avec une mine déconfite !

« Vous voyez bien, dit le vicaire, que vous ne réussirez pas à la déboulonner de son pied d'estal ! »

Réflexion d'Anne-Marie :

« Oh ! Mais Clémentine est tant vantée ! »

Le jour de la communion arriva : c'était, suivant l'usage, le dimanche après Pâques, par une belle journée d'avril. Si le temps était beau, la température était encore fraîche. Dans nos montagnes, le printemps est long à venir.

J'avais, comme mes compagnes, revêtu la robe de mousseline blanche. Une de mes cousines, plus âgée que moi, me l'avait gracieusement prêtée, ce qui n'obligeait pas ma famille, plutôt pauvre, à faire les frais d'une robe qui ne servait qu'une seule fois dans la vie.

Cette robe était un peu défraîchie, du fait qu'elle avait servi plusieurs fois, mais un bon repassage l'avait remise en état.

Avant d'aller à l'église, nous étions rassemblés devant la porte d'entrée du couvent.

On nous distribua les cierges : chaque famille mettait sa vanité dans les cierges. C'était à qui montrerait le plus gros ! Certains étaient si lourds que les enfants, surtout les fillettes, ne pouvaient le porter : on faisait appel au parrain ou à la marraine pour cet office !

Précédé de la croix et des enfants de chœur, monsieur le curé venait nous prendre. En tête, les garçons portaient brassard, puis les filles en robe blanche.

En allant à l'église on nous faisait chanter :

« Je suis chrétien, voilà ma gloire ;
Mon espérance et mon soutien. »

L'église était ornée et illuminée par les cierges.

Je n'étais pas peu fière d'être la première (vanité féminine !)

Le premier des garçons était G. Roiron. Au catéchisme, c'était un cancre ! Aussi les gens s'étonnaient qu'il fût à la première place !

Réponse du curé : « Roiron est le fils du maire. Même s'il n'est pas trop savant, il convient que le fils du maire soit le premier ! » Sans commentaire !

Le soir, aux vêpres, on me fit chanter un cantique à l'air doucereux et aux paroles mièvres : mais c'était dans les goûts du temps ! J'en ai oublié l'air et les paroles ; il était question de chérubins, de séraphins, de langues de feu !

Pour la communion, nous n'étions pas gâtés comme les enfants d'aujourd'hui : je ne reçus aucun cadeau, si ce n'est un petit chapelet de deux sous. Et je ne me souviens même pas si on avait fait un repas de communion !

Par contre, monsieur le curé me donna une gravure représentant des enfants en veste noire et pantalons blancs, brassards au coude, cierge à la main et des fillettes en blanc défilant dans une église gothique, avec cette formule gravée :

« Je soussigné, certifie que Clémentine Chautard a fait sa première communion dans l'église de Saint-Just, le 25 avril 1894. Jarleton, curé. »

La vie était rude au couvent de Saint-Just, mais pas nécessairement austère.

Chaque année, au Mardi gras, on y jouait la comédie. Ce n'était pas du Molière, ni même du Courteline, mais des saynètes, des monologues, des dialogues et surtout des chansons. C'est fou le répertoire des chansons que les sœurs nous apprenaient !

Je peux donner quelques exemples.

Sur la scène apparaissent deux actrices : l'une vêtue de blanc et le visage enfariné, l'autre de noir vêtue et le visage barbouillé de suie. La première est la boulangère, la seconde est la femme du charbonnier. Elles dialoguaient :

« Hé ! Bonjour madame la Jacqueline !

– Hé ! Bonjour madame la Jacqueton !

– Comment vont vos sacs de farine ?

– Et comment vont vos sacs de charbon ?

– Moi ! Je suis toute enfarinée !

– Et moi ! Je suis toute enfumée… »

Ça ne volait pas très haut, mais cela amusait les gens simples de ces montagnes.

Les chansons enfantines fleurissaient.

« Enfin, nous te tenons, petit petit oiseau
Enfin, nous te tenons et nous te garderons.
Dieu m'a fait pour voler, gentils gentils enfants
Dieu m'a fait pour voler, laissez-moi m'en aller.
Mais nous te donnerons petit petit oiseau
Mais nous te donnerons biscuits, sucres, bonbons et… »

Et voici une rengaine culinaire !

« Une dame de tartine
Dans un palais de beurre frais
Les murs étaient de praline
Le dedans était de croquet
Les lits de biscuits, les rideaux d'anis
La chambre à coucher de crème de lait
Sa fille la petite charlotte
Avait un nez de massepain
Ses souliers étaient de compote
Ses oreilles étaient de pur'pain !
Les lits de biscuit... »

Et voici *La Chanson du vieux curé* :

« Il était un vieux curé et de bic et de bocampagne
Il était un vieux curé, que tout le monde vénérait
Il entra dans un logis et de bic...
Il entra dans un logis
Le plus pauvre du pays.

Bonjour dit-il à Rémi
De qu'avez vous mon ami
Ma foi j'ai un bras cassé
Et trois doigts de fracassés
Ma servante Marion
Vous apportera du bouillon... »

Et pour les âmes sentimentales, une chanson triste : *Le prisonnier*

« À travers le grillage,
Je vois de ma prison
Reverdir le feuillage,
Fleurir l'épais gazon
Je vois de ma fenêtre
L'hirondelle accourir
Le printemps va renaître
Et moi je vais mourir
Quand les fleurs vont fleurir.

Malgré la double porte
Où je suis enfermé
L'écho lointain m'apporte
Les refrains que j'aimais
Le chalumeau champêtre
Recommence à gémir
Le printemps va renaître
Et moi ! Je vais mourir
Quand les fleurs vont fleurir.
Hirondelle gentille
Est-ce toi que j'entends ?
Violette craintive,
Est-ce toi que je sens ?
La rose aussi peut-être
Recommence à fleurir

Le printemps va renaître
Et moi... Je vais mourir
Quand les fleurs vont fleurir. »

J'avais une vigueur normale et jusqu'à l'âge de 13 ans, aucune maladie ne m'avait affectée.

Mais voici que sans doute mal nourrie et soumise à un dur travail, j'eus ce qu'on appelait alors « les pâles couleurs ». J'étais maigre, j'avais des insomnies, des crises de larmes : j'étais anémiée au dernier point. Ma mère qui connaissait les simples remèdes, me faisait des tisanes. Résultat ? « Cataplasme sur jambe de bois ! »

Une meilleure nourriture aurait sans doute été le remède le plus efficace, mais comme je l'ai dit, le lait était pour les veaux, les œufs servaient de monnaie d'échange chez le coquetier qui donnait sucre, pâtes, riz, savon... Ma mère engraissait des coqs pour aller les vendre aux gendarmes de Viverols. C'était toujours la sempiternelle soupe au lard et les rares fricots que la vieille tante permettait quand elle était bien lunée.

Ma mère, voyant dans quel état je me trouvais, finit par s'alarmer : elle me conduisit à Baffie consulter le curé Poinson. Celui-ci, un grand tablier de jardinier sur la soutane, était en train de tailler ses rosiers.

Il nous fit entrer dans la salle à manger encombrée de livres, de revues, de journaux. Dans un angle, une armoire à pharmacie, remplie de fioles contenant des médicaments qu'il faisait venir d'une grande pharmacie du boulevard Raspail, à Paris.

Après nous avoir fait asseoir, il me questionna :

« Alors, qu'est-ce qui ne va pas ? De quoi souffrez-vous ?

– Voyez comme elle est maigre, dit ma mère. Elle a "les pâles couleurs" et se plaint toujours qu'elle est fatiguée. Si vous pouviez la soulager…

– Je crois que son cas dépasse mes compétences. Il faut voir le docteur.

– Je vais lui donner du sirop "Iodotanic", un fortifiant. Mais cela ne suffira pas. Faites-lui chaque jour un lait de poule.

– Un lait de poule ! Mais qu'est-ce que c'est ?

– Oh ! c'est très simple : vous battez un œuf cru dans du lait chaud et vous le lui faites boire ; c'est très fortifiant ! »

Rentrée à la maison, je pris bien le sirop mais le lait de poule, après en avoir ingurgité deux ou trois, j'en étais dégoûtée.

Un mardi, jour de marché à Viverols, ma mère se résigna à me conduire en visite chez le médecin.

Dans la salle d'attente, il y avait beaucoup de monde. Après un long moment, le docteur nous fit entrer dans son cabinet.

Le docteur Musard était un homme de taille moyenne, la quarantaine, les cheveux grisonnants, partagés par une raie au milieu, moustache et barbe en pointe, l'air affable, la voix douce.

Il m'interrogea longuement, me palpa, m'ausculta et donna son diagnostique :

« Cette demoiselle souffre de carence alimentaire, de dénutrition… »

Entendant ces mots qu'elle ne comprenait pas, ma mère ouvrit des yeux comme des soucoupes.

Voyant son embarras, le docteur précisa :

« Votre fille est mal nourrie ! Que lui donnez vous à manger ?

– Mais Docteur, elle mange comme tout le monde ! De la soupe, du pain, du fromage, et chaque année nous tuons le cochon. Chez nous, personne ne meurt de faim.

– Là n'est pas la question. Il faut donner à votre fille de la viande de boucherie, de la viande rouge pour la fortifier, sinon, elle risque la tuberculose.

– Lui donner de la viande ? Mais, c'est impossible ! Il n'y a pas de boucher à Saint-Just : il faut aller à Marsac à dix kilomètres de chez nous, et nous n'avons pas de moyen de locomotion.

– Dans ce cas, dit le docteur, je vous donne un conseil. Mettez votre fille en pension chez les sœurs, ici, à Viverols. Je sais de source sûre que les élèves y sont très bien nourries. Il n'y a qu'à voir la belle mine de ces filles qui viennent se promener par ici. »

Rentrées à la maison, mon père nous questionna :

« Qu'est-ce qu'il a dit le médecin ?

– Il a dit qu'il fallait lui donner de la viande de boucherie, sinon de la mettre en pension chez les sœurs de Viverols.

– La mettre en pension ? Mais cela va coûter cher ! Et nous ne sommes pas riches.

– Écoute, Jean-Marie, le médecin a dit que notre fille risquait d'avoir la tuberculose. Tu sais, la cousine Adèle des “Marais” est morte de la tuberculose à 24 ans après deux années de mariage.

– Maria, j'ai une idée. Il y a à “la Garnasse” de gros pins, je vais en vendre quelques-uns à la scierie de Chassagnolles.

– Je crois que nous n'avons pas le choix, si nous voulons sauver notre fille !

– Hé bien, dit le père, elle ira chez les sœurs de Viverols à la rentrée prochaine. »

J'avais 13 ans lorsque ma mère me conduisit chez les sœurs de Viverols. Leur couvent se trouvait au centre ville.

Nous fûmes accueillies par la Supérieure, Mère Élisabeth, dans son petit parloir au parquet ciré. Sur le rebord de la fenêtre, deux pots de géranium agrémentaient la pièce. Au-dessus de la cheminée, un grand crucifix d'ébène et sur le marbre une petite statue de saint Joseph avec, de chaque côté, deux bougeoirs portant des cierges roses.

Mère Élisabeth était une femme de taille moyenne, avec une figure d'ange, si bien qu'il était impossible de lui donner un âge : ses cheveux étant cachés sous sa guimpe. Mais elle était bienveillante et, d'une voix très douce, elle me questionna sur mes connaissances : grammaire, orthographe, calcul, histoire et géographie.

Je lui donnai des réponses satisfaisantes, si bien qu'elle me dit :

« Vous irez en classe de seconde, la classe préparatoire au brevet. Vous allez faire connaissance avec mademoiselle Roure, une très bonne maîtresse, originaire de la région ; et maintenant, allez… »

Après m'avoir installée, ma mère me quitta. Je ne savais pas si je devais me réjouir ou pleurer ! J'étais contente d'être en pension chez les sœurs, d'autre part, j'avais de la peine de quitter ma mère.

Je vis de suite que l'école de Viverols n'avait rien de commun avec celle de Saint-Just. Ici, les filles ne portaient point de sabots, mais de fines bottines ou des pantoufles. La plupart étaient des filles de notables ou de riches commerçants.

En classe, je travaillais bien et j'avais de bonnes notes en orthographe, histoire et géographie, mais faibles en arithmétique, si bien que j'étais classée dans les moyennes.

Aux récréations, par timidité, je n'osais pas me mêler aux jeux de mes compagnes. Je restais plantée contre un poteau du préau. Parfois une fille venait me chercher :

« Qu'est-ce que tu fais là ! Viens donc jouer à la marelle comme nous ! Ou à la balle ou à la corde à sauter. » Les sœurs n'aimaient pas les élèves qui ne prenaient pas part aux jeux et parfois elles venaient me secouer.

Pour la nourriture, quels changements avec celle de Saint-Just où les sœurs fourraient tout dans la même marmite et nous servaient une ragougnasse peu appétissante. Ici, les sœurs faisaient leurs achats chez les commerçants de la ville si bien qu'on mangeait des légumes frais et de la bonne viande. Je ne tardais pas à me remplumer avec ce régime que m'avait prescrit le bon docteur Musard.

Je restais deux années dans ce pensionnat et j'aurais sans doute pu passer mon brevet, mais à Pâques mes parents me retirèrent pour aider aux travaux des champs.

VI

Dans les champs et sur les chemins

IL NE FAISAIT PAS ENCORE JOUR lorsque mon père venait me réveiller :

« Allez ! Debout ! Lève-toi. »

Je me levais, encore somnolente. Je trempais le bout d'une serviette dans la cuvette d'eau froide et je me débarbouillais le museau. Je descendais à la cuisine. Le feu était allumé, la soupe bouillait dans la marmite, les vaches étaient traites et mon père, sans doute pour se donner du cœur au ventre, buvait une bonne rasade de cette eau-de-vie de cerise appelée « aguardente ». Il me taillait une grosse tartine de pain avec du beurre que je grignotais tandis qu'il allait lier les vaches. Les vaches tiraient un petit tombereau à deux roues appelé « barcelle » dans lequel était l'araire ou la charrue et la herse.

On allait labourer un champ au lieu-dit Le Garret, tout près de la maison de la Grise.

Le jour commençait à poindre : on voyait le ciel changer de couleur, passer du rose au rouge, puis apparaissait, flamboyant, le soleil derrière Chemintrand.

Mon père labourait ses champs comme devaient faire les Gaulois : avec une araire en bois et une charrue avec un socle unique, si bien qu'au bout du sillon, il fallait revenir en arrière en laissant traîner la charrue sur le sol. Avec une guyade (aiguillon), je guidais l'attelage.

Après une heure de travail, on faisait une pause, pour ne pas trop fatiguer les bêtes.

Lorsque toutes les terres étaient labourées, il fallait les ensemencer ; le seigle, l'orge, l'avoine étaient les céréales en usage dans le pays. Mon père remplissait le *« semenadour »*, sorte de boîte ovale en contreplaqué et, d'un geste large, il semait comme tous les semeurs du monde. Derrière lui, je conduisais l'attelage qui traînait la herse en bois en forme de « H », après quoi mon père faisait une croix avec de la paille torsadée pour implorer les faveurs du ciel pour protéger la récolte.

Souvent, les petits oiseaux venaient picorer les grains que la harpe n'avait pas enfouis, mais les plus redoutables ennemis étaient les « graoules », les corbeaux, qui venaient par bandes se repaître des précieuses semences.

Pour les éloigner, on plantait au milieu du champ des « fantômes », des épouvantails. Une croix grossièrement taillée, une vieille veste, un petit sac bourré de paille pour faire la tête et un vieux chapeau cabossé. Le vent agitait les manches du fantôme. Mais ces sales bêtes n'en avaient cure, et il n'était pas rare de voir des corbeaux perchés sur la tête du fantôme.

Mon père possédait un vieux fusil à pierre et quand il voyait les corbeaux s'abattre sur ses récoltes, il envoyait quelques coups de pétoire ; ces volatiles s'en allaient alors se percher sur les pins de la Garnasse d'où on les entendait croasser.

Dans une lettre adressée à sa fille, madame de Sévigné parle des fenaisons comme d'une partie de plaisir, où l'on va folâtrer dans le foin. Si la marquise avait fait les fenaisons au Mas, elle n'aurait pas tenu le même langage !

La période des foins était l'une des plus pénibles de l'année. Faner, c'est faucher l'herbe, l'étendre, la tourner et retourner souvent sous un soleil brûlant, avec des moustiques, des taons qui vous harcèlent, qui vous piquent, sans pouvoir se défendre.

Quand il pleuvait, il fallait faire des cuches, sortes de petites meules, étendre le foin pour le faire sécher, le conduire à la grange sur de mauvais chemins et dans la grange, dans la poussière, sous le toit de tuiles surchauffées, étendre le fourrage et l'équilibrer dans le fenil.

Lorsqu'on revenait de la grange, couverts de poussière et de sueur, on avait droit à la soupe de vin !

Dans une soupière, on versait un demi-litre de vin, un demi-litre d'eau, on ajoutait quelques morceaux de sucre, on taillait des tranches de pain blanc et avec une louche, on vous servait ça dans des bols, comme la soupe ordinaire.

Il paraît que c'était rafraîchissant et reconstituant !

Autre coutume : lorsqu'on rentrait le dernier char de foin, celui-ci était orné avec des branchages, de la verdure et on fêtait la reboule !

On faisait une petite fête de famille : on invitait les parents, les voisins, on chantait, on buvait et cela pour marquer la fin de ces travaux particulièrement pénibles.

Après les foins, c'était les blés qu'il fallait moissonner. C'était surtout pénible pour les hommes qui coupaient les tiges avec une faucille. Ils travaillaient courbés, sous le soleil brûlant de juillet. Pour se rafraîchir, un pot d'eau fraîche ! Il fallait ensuite lier les javelles, faire des *gourbeirous** pour les faire sécher, les engranger et, à la mauvaise saison, battre les gerbes avec un fléau.

Mon père faisait cela l'hiver, aidé de son frère Jules, auquel il rendait le même service.

Ils travaillaient même à la veillée, éclairés par une petite lanterne. Tandis que les femmes faisaient voltiger leurs fuseaux pour faire la dentelle, on entendait la cadence régulière du battage à deux : pan ! pan ! pan ! pan !

Avec un tarare, on vannait le grain que l'on mettait dans des sacs.

Au fur et à mesure des besoins, on amenait un sac à moudre au moulin du Garigère, à quelques centaines de mètres du Mas, au creux du vallon.

Avec cette farine de seigle, on faisait un pain excellent, que l'on cuisait au four situé dans la cuisine.

À cette époque, le pain était la base même de l'alimentation dans les campagnes.

Les moissons faites, il ne restait que la cueillette des pommes de terre, travail fastidieux mais peu pénible.

Le 29 septembre, fête de saint Michel, était le dernier jour où l'on faisait paître les bêtes : les jours sont plus courts et le froid se fait sentir.

---

* *Petites meules où les gerbes sont plantées droites.*

Pour marquer cet événement, il y avait une coutume régionale que l'on appelait « la Michalade ».

On passait la journée dans les prés. À midi, on faisait la dînette.

Ce jour-là, donc, ma cousine Angèle, l'Armeline du Thrive et moi, on s'arrangeait pour faire paître nos bêtes dans un grand pacage.

Chacun emportait de quoi manger à midi : du pain, des œufs, du beurre, du fromage et, quand il y en avait, des pommes « tsagnis », minuscules mais acidulées.

On allait chercher du bois à la Garnasse toute proche. On allumait un feu entre trois pierres et avec la poêle dont on s'était muni, on faisait une bonne omelette. Dans les champs de patates voisins, on chipait quelques pommes de terre que l'on faisait cuire sous la cendre. Pour se désaltérer, on buvait l'eau claire d'une source qui venait de Foucheyrand.

Eh bien ! Croyez-moi si vous voulez, on faisait un repas de roi ! Le grand air de la montagne nous mettait en appétit, on dévorait tout, ne laissant que quelques croûtes de pain pour les pauvres chiens qui nous regardaient avec envie.

Au coucher du soleil, on rentrait les bêtes.

Elles ne devaient plus sortir de l'étable qu'au printemps suivant.

« La Michalade » ! Ah, quel bon souvenir ! Les grands travaux terminés, mon père repartait en

Touraine avec l'oncle Jules, faire le scieur de long, comme je l'ai déjà raconté.

Un jour, mon père me dit :

« Demain tu m'accompagneras à la foire à Saint-Anthème, nous irons vendre la Bardelle. »

Au jour dit, le soleil ne s'était toujours pas levé que mon père vint me sortir du lit :

« Allez ! debout ! Lève-toi : c'est l'heure ! »

Avec un gant de toilette, je me débarbouillai sommairement le museau et je descendis à la cuisine où la soupe fumait dans la soupière.

J'avalai mon bol de soupe, plus une large tartine de beurre et nous voilà sur le chemin de Saint-Anthème, mon père tirant au bout d'une corde la Bardelle, moi suivant derrière avec un aiguillon. Les bovins ont une démarche lente et parfois il faut jouer de l'aiguillon pour les exciter.

Du Mas à Saint-Anthème, il y a trois bonnes lieues en prenant les coursières à travers bois.

Après trois heures de marche, on aperçut enfin le clocher de Saint-Anthème, au creux d'une vallée. Déjà, sur la route, nous avions croisé de nombreuses charrettes de paysans véhiculant des veaux, des cochons ainsi que des fermières portant dans des paniers ventrus les produits de leur ferme : volaille, fromage, beurre, œufs, etc.

Arrivé au foirail, mon père attacha la vache à la barre de fer et alla chercher une botte de foin pour la faire patienter. Puis, il se rendit au café, boire un verre de gros rouge et rencontrer les marchands. Me voilà seule avec la vache, faisant le pied de grue !

Au bout de quelques quarts d'heure, mon père revint, me portant un « michon* ». Ce n'était pas du luxe ; les trois heures de marche m'avaient mise en appétit.

Sitôt après, se présente un marchand : large chapeau de feutre, moustache à la gauloise, vêtu d'une ample blouse de serge bleue.

Il s'approcha et d'un air doucereux, tourna autour de l'animal, le palpa, l'examina dans tous les sens :

« Combien que t'en veux de cette carne ?

– Cent écus, dit mon père (trois cents francs de l'époque).

– Cent écus ? Tu te moques de moi ! Je t'en donne la moitié et ce sera bien payé.

– Cent écus ! C'est à prendre ou à laisser ! Je ne rabattrai pas un liard ! »

L'homme à la blouse fit la moue, cracha par terre et s'en alla.

Il revint au bout d'un instant :

« C'est toujours cent écus ? Dans ce cas, tu peux la garder… »

---

* *Petite brioche.*

Se présentèrent ensuite d'autres marchands et après d'interminables palabres, la Bardelle fut vendue à un prix raisonnable. Mais, voilà ! il fallait la conduire à Ambert. Quinze kilomètres !

Entendant cela, j'étais paniquée ! Mon père voyant mon trouble, me dit :

« Eh ! crébleu ! Quinze kilomètres, c'est pas le bout du monde ! D'autant plus que pour aller à Ambert, la route descend. Et comme dit le proverbe : "À la descente, tous les saints aident !"

– Oui ! dis-je, ça descend à partir des Pradeaux mais pour y arriver, il y a sept ou huit kilomètres de côte !

– Bah ! Nous ferons une halte chez mon frère, le Jean-Pierre, à Saint-Martin-des-Olmes à mi-chemin. Sa maison est sur le bord de la route. »

Déjà fatiguée de la marche du matin, je n'étais pas très courageuse pour reprendre la route.

Après deux heures de marche, nous voici chez l'oncle Jean-Pierre. Lui et la tante furent surpris d'une visite qu'ils n'attendaient pas.

Dès notre arrivée fut mise en branle l'hospitalité auvergnate. On nous fit asseoir et la tante étala sur la table tous les trésors culinaires de son garde-manger ; pain, beurre, fromage, saucisson, jambon nous furent servis avec abondance. Père et moi avions une faim de loup et nous firent largement accueil à cette boustifaille. Mon père but du vin et moi un café bien chaud et bien sucré qui me revigora.

Encore cinq kilomètres pour arriver à Ambert : la route descend… Arrivés au faubourg, il fallut s'enquérir du lieu où nous devions livrer la bête. Mon père encaissa les louis d'or qu'il compta et recompta.

Le plus dur restait à faire ! Encore deux heures de marche pour rentrer à la maison. J'étais déjà morte de fatigue et je ne sentais plus mes pieds. Je marchais quand même, comme un automate : ma vue se brouillait et je ne savais plus où nous étions.

Quand nous fumes à quelque distance de la maison mon père me dit :

« Courage petite, nous arrivons ! »

À peine franchi le seuil de la maison, je m'écroulai sur une chaise. Je tombai évanouie… On me transporta dans mon lit sans connaissance. Ma mère était atterrée et fit de cinglants reproches au père de m'avoir contrainte à faire cette trop longue marche.

Je restais plusieurs jours entre la vie et la mort. Ma mère priait tous les saints du ciel, pensant que j'allais mourir : mais on ne fit pas venir le médecin pour si peu.

Je gémissais sans arrêt, j'avais des cauchemars et lorsque je m'éveillais, après plusieurs jours, j'avais perdu le sens du temps et de l'espace.

« Mais ! Où suis-je ? », répétais-je sans arrêt.

J'avais des trous de mémoire et je ne me souvenais plus de ce qui s'était passé. Je fus longue à me remettre et je gardais comme un cauchemar cette trop longue marche qui faillit me coûter la vie.

Ce triste épisode me fit prendre conscience du mépris des hommes vis-à-vis des femmes, considérées comme des bêtes de somme.

Dans ces rudes cantons, les femmes et les jeunes filles étaient soumises aux gros travaux : j'en ai connues qui fauchaient, tenaient le mancheron de la charrue, bêchaient le jardin.

Au cours du repas, la femme servait son seigneur et maître et ne prenait pas la peine de s'asseoir. Il fallait faire la pâtée pour les cochons, donner à manger aux poules, torcher les gosses, tandis que « Monsieur » mastiquait en toute quiétude sa biarne de lard.

Je suis allée un jour faire une course dans une ferme voisine. Il était midi. Tout le monde était attablé, sauf une jeune fille, servante de la ferme.

Après avoir servi tout le monde, elle s'assit au coin de la table, prendre une bouchée. Furieux, le patron l'interpella avec violence :

« Debout ! Feignante ! Ici, on travaille ! »

La malheureuse se leva et alla pleurer dans l'étable tout à côté.

La femme de ce malotru intervint timidement en faveur de la pauvre fille.

« Alors, répondit-il, tu crois que je peux payer des gens à ne rien faire ? »

Le repas terminé, l'homme sortit dans la cour. La femme compatissante alla consoler et inviter la malheureuse à reprendre sa place à table pour terminer son repas.

Lorsque l'on recevait une invitation pour un baptême ou un mariage, c'était toujours l'homme qui allait se goberger, tandis que la femme restait à la maison, traire les vaches, faire la lessive et autres travaux ménagers.

Très souvent, les jeunes filles n'avaient pas droit au chapitre pour leur mariage : ceux-ci étaient presque toujours arrangés à l'avance, par les pères qui se rencontraient à l'auberge, les jours de foire. Les questions de dot étaient âprement discutées.

Rares étaient les mariages d'amour ! Les filles soumises, comme ne sont plus les filles d'aujourd'hui, n'avaient qu'à dire « Amen » pour épouser l'homme que l'on avait choisi pour elles. Malgré cela, à cette époque, les divorces étaient pratiquement inconnus.

La muflerie de certains hommes n'a d'égal que leur stupidité.

Une de mes cousines fut un jour invitée chez des parents pour la fête du cochon. Il s'agissait en fait d'aider ce vieux couple pour laver les boyaux du porc dans les eaux glacées du torrent. On était en février.

Avant qu'elle ne parte, son beau-père lui dit :

« Tu vas là-bas les aider. Bien, mais tâche de revenir avant midi ! Tu sais qu'il n'y a que toi pour traire la Blonde. Entendu ?

– Oui oui, je reviendrai », dit la cousine d'un air soumis.

Chez les cousins elle passa la matinée les mains dans l'eau glacée.

« Tu vas rester manger avec nous, lui dit la patronne.

– Je voudrais bien, mais le beau-père m'a dit de rentrer avant midi pour traire la Blonde.

– Taratata ! Tu vas rester ici avec nous. Tu as fait un travail pénible ! Il est juste que tu sois récompensée ! Tu restes !

– Mais mon beau-père…

– Ton beau-père ! Mais si tu mourais ! Ton beau-père ne laisserait pas la Blonde sans être traite ! Tout ça, c'est des histoires ! Tu restes. Quand j'allais à l'école, j'avais appris un proverbe qui disait : "Tout le monde est utile mais personne n'est indispensable !"

– Non c'est impossible ! Vous ne connaissez pas l'oiseau ! Il prend des colères…

– Enfin, fais comme tu veux ! Mais nous sommes navrés de te voir partir… »

Arrivée à la maison, ma cousine fut fraîchement accueillie :

« Ah ! te voilà ! Il était temps, dit l'homme en chaussant ses bottes.

– Je vais te remplacer…

– Me remplacer ? Pourquoi, maintenant que le plus dur est fait… »

Arrivé chez les cousins :

« Ah, c'est vous qui venez remplacer Élise : vous nous aiderez à faire les boudins et les saucissons. Mais, c'est l'heure de manger. » On se mit à table. Un menu extrêmement copieux fut servi. Le beau-père s'en mit « plein la lampe » et but de nombreux verres de vin pour faire descendre cette abondante boustifaille.

Le vieux rentra à moitié paf !

« Eh oui, comme disait la Sidonie, pendant qu'Élise trimait pour traire la Blonde, le beau-père se gobergeait sans retenue. »

Je n'invente rien ! Ça se passait comme ça dans nos montagnes de la Haute-Gaule, pendant ce que l'on appelait la Belle Époque !

La pauvre Élise, épuisée par le travail et la maladie, mourut à l'âge de soixante-deux ans. Il fallut bien trouver quelqu'un pour traire la Blonde…

Un triste fait divers illustre aussi ce mépris qu'avaient les hommes pour la gent féminine.

Au Temple, commune de Granrif, un riche fermier avait engagé un valet et une jeune fille comme servante. Cet homme possédait un important cheptel, et chaque matin, il fallait curer les vaches, c'est-à-dire sortir le fumier.

Pour ce faire, on utilisait une brouette. Dans cette ferme, il fallait transporter le fumier à bout de bras, sur un bayard, sorte de civière. Le valet, un godelureau grossier et primitif, avait fait des avances à la jeune servante. Celle-ci, qui était honnête, les avaient repoussées avec indignation. Pour se venger, le valet surchargeait exprès le bayard si bien que la pauvre fille en avait plein les bras. Elle alla se plaindre au patron qui n'en tint aucun compte, jusqu'au jour où le bayard étant surchargé, la pauvre fille sentit quelque chose qui craquait dans son ventre. Elle s'écroula ! On la transporta dans son lit où elle mourut d'une hémorragie interne.

Ce drame fit grand bruit dans le pays. On fit passer cela pour un accident de travail, et le fermier ne fut pas inquiété.

Les parents de la jeune fille, très pauvres, n'eurent pas même l'idée de porter plainte.

Le fermier fut livré à la vindicte publique et les commères s'en donnèrent à cœur joie.

Le valet fut renvoyé : aucune jeune fille ne voulut s'engager comme servante dans cette ferme maudite.

VII

Gens de passage et des villages

À CETTE ÉPOQUE, la campagne était sillonnée par toutes sortes de gens : d'abord le coquetier – ainsi nommait-on l'homme qui passait dans les villages pour faire la collecte des œufs, du fromage, du beurre. En échange, il donnait du café, du sucre, des macaronis, du savon. Comme l'argent était rare, c'était une espèce de troc entre lui et les paysans qui lui apportaient les produits de leur ferme.

On voyait aussi parfois le « planteur de Caiffa » avec sa longue carriole traînée par une mule qui vendait de l'épicerie.

Les colporteurs, avec une caisse à tiroirs sur le dos, qui vendaient du fil, des aiguilles, des ciseaux, des complaintes, de l'onguent et mille autres pacotilles.

Les mendiants, tel le Jean du Roubis, la besace sur le dos, quêtant de maison en maison un quignon de pain.

Venaient aussi parfois des fabricants de chaises : c'était des Italiens. Ils étaient très habiles. On leur donnait une pièce de bois, laquelle était fendue, percée, ajustée ; en un rien de temps, la chaise tenait debout sur ses quatre pieds. On leur donnait une botte de paille de seigle et bientôt la chaise était empaillée avec précision.

Les estafiers couraient aussi la campagne, tels ceux qui achetaient les cheveux des filles. Par pauvreté, certaines se laissaient couper les cheveux pour une maigre obole : à peine de quoi s'acheter une robe !

Le curé de Baffie, Guillaume Poinson, était un chasseur émérite, il venait souvent chasser du côté de la Garnasse, près de l'Aiguilhon. Mon père qui cultivait un champ à proximité aimait à le rencontrer et faire un brin de conversation avec lui.

Le facteur, le gros Bijoux, venait de temps en temps apporter un journal ou une lettre, mais c'était rare. S'il passait au moment du repas, il avait son bol de soupe et sa biarne de lard. Le pauvre homme n'était pas à la noce : il parcourait chaque jour une vingtaine de kilomètres pour faire le tour de la commune et cela par tous les temps.

Le Petassous

Plusieurs fois en cours d'année, venait chez nous un paysan plutôt mal habillé : blouse bleue délavée, pantalon rapiécé de petas de différentes couleurs ; les gens l'avaient surnommé « le Petassous ».

C'était l'allumetaire, fabriquant d'allumettes de contrebande. Il portait sous sa blouse un paquet assez volumineux : des quarterons d'allumettes sortant tout chaud de la bassine à soufre.

« *Quan t'in botte ?* (Combien en veux-tu ?) » disait-il tout bas à l'oreille de mon père. Par charité plus que par nécessité, on lui en prenait quelques douzaines, car il était très pauvre et il avait une nombreuse famille.

Un jour, je me rendis chez lui et je vis l'un de ses pauvres gosses ronger une pomme de terre crue pour calmer sa faim. Il était de Combest.

Ces fausses allumettes n'étaient pas de bonne qualité : pour les faire prendre, il fallait les mettre en contact avec une braise.

Un jour, on m'envoya chez lui pour je ne sais quel motif. Justement il était en train de fabriquer ces fameuses allumettes et je pus voir comment il procédait.

Il prit un plateau de sapin carré et assez épais : il le découpa de la longueur des allumettes comme pour faire des bâtonnets attachés à leur socle, puis il trempa les pointes dans du phosphore liquide. Les allumettes étaient prêtes.

Bien plus tard, lorsqu'étant mariée j'habitais Marsac, le Petassous vint me voir et me proposa ses allumettes. Par pitié, j'en pris quelques douzaines et je lui offris un verre de vin.

Mon fils qui avait cinq ans et qui avait déjà vu le Petassous chez sa grand-mère ne l'avait pas reconnu et il s'écria naïvement : « Oh ! maman, on dirait les allumettes du Petassous ! »

Je tirai le gamin par sa manche et lui fit les gros yeux. L'homme ne parut pas vexé de la réflexion. Il quitta la maison en se confondant en remerciements.

Un drôle de pèlerin

On a dit que le paysan était méfiant : ce n'était pas toujours le cas. La plupart des gens étaient honnêtes, jusqu'à la limite du scrupule. Il arrivait parfois qu'ils fussent grugés par des aigrefins qui parcouraient la région.

Un jour, se présente une sorte de grand escogriffe, revêtu d'oripeaux bizarres. Sur son chapeau cabossé était fixée une image du Sacré-Cœur. À son cou pendait une grosse croix de cuivre, il avait un air doucereux et patelin. Il débitait son boniment d'une voix grave :

« Je suis un pèlerin ! Je vais régulièrement en pèlerinage à la Sainte-Trinité. J'y vais prier pour ceux qui n'ont pas le temps. Si vous voulez, je puis faire une neuvaine de prières, moyennant une obole : deux ou trois francs, à votre bon plaisir. »

Certains, méfiants, le mettaient à la porte sans ménagement, flairant une supercherie. D'autres, plus naïfs, donnaient la somme demandée que l'individu enfouissait dans une grosse bourse de cuir.

Le dimanche, suivant l'usage, après la messe, quelques hommes allèrent à l'auberge boire une chopine de gros rouge.

« Hé bien dit l'aubergiste, il y en a qui ont été roulés ! Figurez-vous que cet individu, après avoir rempli son gousset de bonnes pièces, est venu les boire ici. Après chaque bouteille bue, il prenait son calepin, barrait un nom et disait avec cynisme : "La neuvaine d'untel… réglée !" Ah ! Vos femmes sont bien naïves ! Vos neuvaines ? Il a été les pisser après les murs ! »

Naturellement, grande fut l'indignation des victimes de cette escroquerie. Que faire ? Porter plainte ? Mais les gendarmes de Viverols ne se dérangeraient pas pour si peu.

De toute façon, l'escroc décampa rapidement sans laisser d'adresse. Sans doute alla-t-il dans le canton voisin faire de nouvelles dupes.

La Sainte-Trinité est le lieu d'un pèlerinage, tout près de la Chaise-Dieu. Les gens y allaient à pied : cinquante kilomètres environ. Ils en rapportaient des branches d'arbre bénites que l'on suspendait aux poutres dans les étables pour la protection des animaux.

Le Jean du Roubis

Une vieille carte postale qui remonte au début du siècle représente un homme hirsute, barbu, coiffé d'une toque de laine, vêtu de haillons, juché sur une table et tenant en main son instrument, avec au bas de la carte ce texte : *L'Auvergne pittoresque : joueur d'accordéon.*

Ce joueur d'accordéon, c'était « le Jean du Roubis », un personnage hors du commun.

Jean Miolane était originaire de la Chapelle-Agnon. C'était un simple, un peu débile qui avait établi son séjour dans la commune de Saint-Just et des environs.

Il possédait un petit accordéon et, sans avoir jamais appris la musique, il était capable de jouer quelques ritournelles pour faire danser les filles dans les granges. De plus, n'ayant jamais fréquenté l'école, il ne connaissait ni A ni B.

Portant sur lui toute sa garde-robe, deux ou trois vestes enfilées les unes sur les autres, couchant dans les étables, à côté du veau, il était plein de vermine, ne se lavant jamais. Une longue barbe et les cheveux dans le cou, on aurait dit un patriarche de l'ancien temps. Malgré cela, il était adopté à part entière comme faisant partie de la famille. En vrai chemineau, il parcourait sans cesse les *via de pé* (chemins de campagne) de la commune, recevant un morceau de pain par-ci, une biarne de lard par-là, mangeant la soupe là où il se trouvait à l'heure du repas.

Il ne connaissait pas la valeur de l'argent ; lorsqu'on lui demandait un service, il réclamait *dou maili* (une pièce de deux sous en bronze).

Pour *dou maili*, il était allé à Arlanc chercher deux chaises qu'une institutrice de Saint-Just avait achetées pour meubler son ménage.

Le Jean-Marie de Saint-Priest, étant allé à un enterrement à Saint-Ferréol, et ayant oublié son parapluie à l'église, le Jean du Roubis alla chercher le pépin, toujours pour deux sous. Il avait mis trois jours pour faire ce voyage.

Jean du Roubis était parfois un peu coquin sur les bords. Il avait un petit chien qu'il emmenait toujours avec lui. Il avait dressé cet animal à voler !

À Baffie, pendant que le boulanger et sa femme étaient à la messe, le petit chien pénétrait dans la boulangerie dont la porte était entrouverte et volait un pain qu'il rapportait à son maître. Mais… un beau jour, le petit chien disparut et personne ne put dire où il était passé.

Pour se défendre des chiens des paysans qui aboyaient à ses chausses, l'homme portait toujours à son cou, un fouet, de là son surnom (en patois, le fouet se dit un *roubis*).

Dieu seul sait comment il s'était procuré un vieux fusil avec des cartouches. Il était cependant bien incapable de chasser, et il se promenait le fusil en bandoulière. Un jour qu'il était à Fontlobine, il manipula son fusil : le coup partit et il faillit tuer une femme. Du coup on voulut lui confisquer cette arme, mais il se débattit avec fureur et emporta son fusil. On fit appel aux gendarmes qui le gardèrent pendant quelques jours dans une salle de police. Le fusil fut confisqué, mais voyant que l'homme n'était pas dangereux, ils le relâchèrent.

Le Jean du Roubis avait deux choses en horreur : les femmes et le travail. Pour le taquiner, on lui disait : « *Dzouan devia te marida* » (Jean, tu devrais te marier). Il prenait des colères épouvantables ! Il jurait, il sacrait et disait : « Je vais prendre mon couteau et je vais me saigner ! »

Mais trouver le couteau était une autre paire de manches : avec trois vestes l'une sur l'autre, il fallait trouver la poche où se trouvait le couteau. Lorsqu'il l'avait trouvé, la colère était tombée.

Pour le travail, on ne pouvait rien en tirer. Si on lui proposait un petit service, râteler du foin pendant les fenaisons, battre quelques gerbes au fléau, il s'éloignait en grommelant.

Dans cette paroisse isolée, il portait les nouvelles d'une famille à l'autre. Les malades, les baptêmes, les mariages de tel ou tel cousin lointain.

Bien sûr, il n'allait pas à la messe mais il aimait sonner les cloches. À Saint-Just, une femme âgée, « la Velina », était préposée pour sonner le premier coup de la messe. Mais avant qu'elle arrive, le Jean du Roubis était pendu après les cordes et il sonnait les cloches que tout en volait.

La Velina accourait comme une furie et il s'en suivait dans l'église une bagarre verbale d'une extrême violence ! Il fallait que le curé se mobilise pour venir mettre la paix. Le Jean du Roubis, tout guilleret, sortait de l'église en faisant claquer son fouet, tandis que la Velina se répandait en imprécations que l'on entendait jusqu'au fond du bourg.

Un jour qu'il était à Saint-Priest, les hommes se concertèrent. Ils se saisirent de lui, le déshabillèrent et le trempèrent dans un grand baquet d'eau chaude, le décrassant avec une brosse à chiendent. Le pauvre homme hurlait, criait, implorait, mais en vain. Quelqu'un apporta une tondeuse, de celles qui servent à tondre les moutons. Il fut tondu, rasé : on lui donna des vêtements propres tandis que les haillons plein de vermine furent brûlés.

Et voici un Jean du Roubis tout neuf ! Méconnaissable ! Et, après lui avoir servi un bon repas pour lui faire oublier ce qu'il avait enduré pendant le décrassage, on le renvoya.

Quelques jours plus tard, m'étant rendu au bourg de Saint-Just pour faire des commissions, je rencontrai sur le chemin de Challiargues mon Jean du Roubis, vêtu comme un bourgeois : chapeau melon, beau pardessus, souliers vernis.

En passant, je lui dis : « Hum ! T'es bien fier aujourd'hui. Jamais je t'ai vu aussi bien habillé.

– Ah ! me dit-il, monsieur Mathevet, l'instituteur de Baffie est mort. Sa femme m'a donné tous ses habits ! Alors, tu comprends… ! »

Hélas, quelques jours plus tard, le Jean vint à la maison manger la soupe. Le chapeau melon était cabossé et le beau pardessus passablement fripé.

Ma mère était la trésorière du Jean. Quand il avait ramassé quelques pièces, il les apportait à la maison et cet argent était mis dans une grosse bourse en cuir : « Ça lui servira à lui faire des messes après sa mort », disait ma mère.

La mort arriva brutalement. Il était sourd et, près d'Ambert, traversant la voie à un passage à niveau, il n'entendit pas le train qui venait à toute vapeur. Il fut happé et tué sur le coup. Pauvre Jean du Roubis… Il a laissé des traces de son passage dans la commune de Saint-Just. Cinquante ans après, ceux qui l'avaient connu parlaient encore de lui.

Le Pataire

Le pataire ou *peillarot* de Saint-Priest était un personnage qui ne manquait pas d'allure.

Avec son chapeau cabossé, sa moustache à la gauloise, sa blouse de serge bleue délavée, ses bottes éculées, son âne et sa charrette, il parcourait le pays, portant un lot de peaux de lapins accrochées à l'épaule, avec une balance romaine. On l'entendait crier : « Youp. Ho ! Ohé peaux de lapins ! Peaux de chiens, ça n'y fait rien ! »

Il allait de maison en maison où on lui remettait les peaux de lapins séchées : d'un coup d'œil, il en jugeait la valeur ; quelques sous tout au plus. Il collectait aussi les peilles, les vieux chiffons, le linge usé qu'il payait au poids. Cela n'allait pas très loin, quelquefois il se contentait de donner quelques aiguilles à coudre en guise de paiement.

Quelquefois, les ménagères auraient voulu un peu plus mais c'était à prendre ou à laisser ; le pataire se montrait inflexible ! Mais il avait le mérite de débarrasser les vieux chiffons plutôt encombrants dans les armoires.

Lorsque la charrette était remplie de ballots de chiffons et de peaux de lapin, il conduisait sa marchandise à la ville voisine, chez un grossiste.

Ce métier de chiffonnier ne suffisait pas à nourrir sa famille ; aussi, le pataire exploitait une petite ferme avec sa femme, son fils et sa fille.

En gardant les vaches à la Safranère, je la rencontrais. Elle gardait un petit troupeau de chèvres et me racontait combien son père avait du mal à joindre les deux bouts. Elle tricotait sans arrêt pour faire des layettes pour les dames de la ville.

Mon Dieu ! Que de misère dans ce pays perdu !

Le petit cordonnier

Au temps de mon enfance, tout le monde portait des sabots, rares étaient ceux qui chaussaient des souliers. On allait en visite, à la foire, à la messe, en sabots.

Les hommes en avaient deux paires, l'une pour la vie courante, l'autre, teintée de brou de noix, pour les fêtes ou les cérémonies. Les femmes portaient des sabots à brides, souvent vernis et décorés de naïves sculptures.

Il était d'usage dans la région que les hommes, pour leur mariage, fassent faire une paire de bottes, lesquelles, bien entretenues, devaient durer toute la vie.

Dans la commune, vivait un cordonnier. C'était un petit gros, chauve, ventru avec une moustache à la gauloise. Ayant tiré le mauvais numéro, il dut faire trois longues années de service militaire. Il en avait rapporté une sorte de gouaille qui égayait ses clients. Les murs de son échoppe étaient tapissés de gravures, d'affiches, dont certaines étaient à la limite de la décence.

Dans le fond, c'était un homme sympathique, très bon artisan. Il lui arrivait cependant de gâcher la marchandise, peut-être faute de moyens et certaines de ses bottes, dont la semelle était rabotée par les chemins pierreux, ne duraient pas longtemps, ce qui provoquait le mécontentement de ses clients, si bien qu'un « poète » local composa sur son compte une chanson qui fit le tour du pays :

« Ô cordonnier pour gagner de l'argent
Oses-tu te servir de mensonges ?

Tu dis que tes souliers sont bien cousus
Ils tirent l'eau comme une éponge !
Que chacun te crie : Trompeur !
Monte dans la machine à vapeur ! »

Ce n'était pas bien méchant et le petit cordonnier fut le premier à en rire.

La béate de Combest

À Saint-Just, il n'y avait pas de corbillard : les morts étaient portés en terre sur une civière. Naturellement, c'étaient les hommes qui accomplissaient ce pieux devoir, mais il y avait une exception pour les enfants de Marie.

À Combest, il y avait une vieille fille, Marianne B. Elle vivait seule dans sa petite maison, rendant service aux voisins en gardant les enfants, leur faisant apprendre le catéchisme. Les gens l'aimaient bien.

Or elle vint à mourir, à un âge fort avancé. Comme elle faisait partie de la congrégation des enfants de Marie, le curé décréta, suivant l'usage, que son cercueil serait porté sur les épaules de quatre jeunes filles également enfants de Marie.

Monsieur le curé désigna donc huit membres de la congrégation, deux équipes de quatre, pour ce rude service. J'étais du nombre.

Malgré ma bonne volonté de servir, j'en garde un souvenir amer. En effet, j'étais maigre, j'avais les épaules en portemanteau et bien que j'eusse mis un mouchoir sur l'épaule pour atténuer la rudesse du bois, j'avais l'épaule meurtrie par le poids du cercueil.

Et pourtant, on changea d'équipe tous les quarts d'heure. Il est vrai que la distance entre Combest et le bourg représente un peu plus de deux kilomètres et encore sur de mauvais chemins.

En arrivant à l'église, j'étais moulue et j'en voulais au curé d'imposer à de frêles jeunes filles un service pénible, bien au-dessus de leurs forces. Mais c'était ainsi ! Et tout le monde trouvait cela normal ! J'espère que du haut du ciel – c'était une sainte fille – Marianne a prié le Seigneur de m'accorder ses faveurs en compensation de la peine que j'ai eue pour la transporter à l'église et, de là, au cimetière.

Le Courty

Si vous prenez le chemin qui va du Mas à Chaillargues, vous franchirez au creux de la vallée un torrent qui dévale du côté de Baffie.

Sur la droite, après le pont, vous verrez un monceau de ruines recouvertes de broussailles et, à gauche, un peu plus bas, un tas de pierres à moitié enfoui sous les herbes sauvages. Ce lieu s'appelle le Garigere.

Autrefois, il y avait deux moulins : celui de droite assez bien équipé pour moudre le grain et bluter la farine ; celui de gauche était un moulin plutôt délabré où l'on portait à moudre orge ou avoine pour les bêtes car tout était mélangé, farine et son.

Là habitait un vieux meunier, Louis Garret, dit le Courty. C'était un vieux garçon de haute taille, affligé d'un goitre qu'il dissimulait sous une grosse écharpe, et il parlait d'une voix caverneuse.

Il vivait seul dans ce moulin sans doute fort ancien, à en juger par l'armature presque toute en bois. L'intérieur était misérable et on se demandait comment cet homme pouvait vivre dans un confort aussi sommaire.

La plupart des meuniers ont plutôt mauvaise réputation, parce qu'ils puisent sans vergogne dans le sac de farine des clients. Il n'en était pas de même pour le Courty, d'une honnêteté irréprochable. Ses tarifs étaient ridiculement bas ! Pour quelques sous, on pouvait faire moudre un sac de cinquante kilos.

Il vivait pauvrement de la pêche : le torrent était très poissonneux ! On voyait dans les gours des bandes de truites frétiller dans l'eau claire et aucun pêcheur à la ligne n'osait s'aventurer dans ce coin sauvage.

Il avait un jardin et une petite basse-cour. L'été, on le voyait assis sur une souche, battant sa faux d'un rythme plutôt lent : pan, pan, pan, pan !

Le Courty était un bon chrétien. Chaque dimanche, on le voyait dans une des stalles du chœur de l'église. Comme il était myope, il prenait une loupe pour lire les prières du missel dont il suivait chaque ligne avec son doigt.

Il eut un jour une grosse surprise. En sortant de la messe, un conseiller municipal lui frappa sur l'épaule : « On vous demande à la mairie !

– On me demande à la mairie ? Eh ! Pourquoi ?

– Pourquoi ? Je n'en sais rien ! Allez voir… ! »

Plein d'inquiétude, le Courty se rend à la mairie et y trouve un groupe d'hommes qui discutent bruyamment.

« Monsieur Garret, dit le maire, vous êtes ancien combattant de la guerre de 1870 ! Le gouvernement vous alloue une prime de deux cents francs ! Prenez-les, vous les avez bien gagnés. » Le Courty qui n'en revenait pas, n'ayant jamais possédé une telle somme, se répandit dans la rue les billets à la main et disait à qui voulait l'entendre :

« *M'en beila doudze imadzis*… (on m'a donné douze billets…)

– *Masso lou*, lui dit un paysan, *te lou fara reuba*. (Ramasse-les sinon tu te les feras voler.) » Le pauvre Courty ne profita pas beaucoup de cette manne inespérée. Il mourut peu de temps après.

VIII

En chemin de fer vers les grandes villes

PEU DE GENS DU PAYS avaient voyagé, mais un jour, ma mère me dit :

« J'ai le mal du pays, je voudrais bien revenir dans la ville où je suis née, où j'ai passé mon enfance, à Mâcon, dans le Beaujolais. Si tu veux, je t'emmène avec moi.

– C'est loin, Mâcon ?

– Oui, c'est loin, c'est dans le département de la Saône-et-Loire. D'ici, il y a bien au moins cent lieues.

– Mais nous irons comment, à pied, en voiture ?

– À pied jusqu'à Chemintrand, là on prendra une voiture jusqu'à Bonson et jusqu'à Saint-Étienne, on prendra le chemin de fer.

– Le chemin de fer ! Qu'est-ce que c'est ?

– Demande au père, lui, il sait ce que c'est.

– Dites, père, qu'est-ce que le « chemin de fer » ?

– Le chemin de fer ? Heu… C'est une grosse vache noire qui traîne des charrettes sur un chemin en fer. »

Le jour du départ, c'était fin septembre de l'an 1896, le père nous accompagna jusqu'à Chemintrand, en passant par la Thrive. Il portait nos bagages, de grands sacs de toile, contenant des vivres pour la route et quelques vêtements.

Un voiturier nous conduisit à Saint-Bonnet-le-Château en passant par Viverols et de là, une autre voiture nous amena à Bonson où nous devions prendre le chemin de fer.

Comme nous étions arrivées assez tôt, je me promenais sur le quai, lorsque soudain je vis surgir un monstre noir, sifflant, haletant, et crachant des torrents de fumée !

C'était la « vache noire » ou plus exactement la locomotive à vapeur qui traînait ses wagons. Le train s'arrêta dans un fracas de ferraille : nous montâmes dans un wagon de troisième classe et nous prîmes place sur des banquettes en bois. Sur la vitre, je lis cette inscription : *Il est dangereux de se pencher au dehors* et cette autre *Ne laissez pas les enfants jouer avec la serrure*. Au bout d'un instant, la locomotive siffla et partit dans des jets de vapeur, à toute vitesse.

Je n'avais jamais voyagé en chemin de fer, je regardais sans cesse par la portière, émerveillée d'aller si rapidement et de voir les arbres de la route qui semblaient courir après le vent.

Le train s'arrêtait dans toutes les gares, c'était un omnibus ! Au début, nous étions seules dans le compartiment, mais à chaque station montaient des voyageurs, d'abord un monsieur qui fumait un cigare et dont la fumée m'incommodait. Nous ignorions qu'il y avait des wagons pour « non fumeurs ». Montèrent ensuite trois grosses paysannes, portant de volumineux paniers pleins de volailles, dont les têtes sortaient sous le couvercle.

On ne m'avait pas prévenue que pour faire passer les trains, on avait percé les montagnes : aussi, grande fut ma terreur lorsque le train s'engouffra dans un tunnel. L'obscurité était complète ! On ne voyait que le point rouge du cigare du monsieur. Je me blottis contre ma mère qui me recommanda de ne pas avoir peur. Mais je poussais un soupir de soulagement lorsque le convoi revint à la lumière.

Le train ralentit : à travers la vitre, j'aperçus des maisons. Moi qui n'avais jamais vu de ville, je ne pouvais imaginer qu'il y eût autant de maisons ; c'était une fourmilière ! Nous étions à Saint-Étienne.

Enfin, le train stoppa dans le grincement des freins et, sur le quai, nous attendait l'oncle Badel, flanqué de ses deux grandes filles très élégamment vêtues.

Après les embrassades, l'oncle Badel nous fit monter dans un fiacre. Il y en avait beaucoup qui attendaient devant la gare, et vingt minutes plus tard, nous étions place Badouillère, là même où l'oncle avait son domicile : une maison cossue.

Monsieur Badel était entrepreneur des travaux publics. Il avait épousé une riche héritière, fille d'un ingénieur des mines. Il habitait à Saint-Étienne, une maison cossue, place Badouillère, dans le centre ville.

Sa jeune épouse, une créature très belle mais de santé fragile, fut minée par consomption.

Le ciel de Saint-Étienne, « la ville noire », était couvert d'un nuage de fumée crachée par les cheminées de nombreuses usines où l'on travaillait le fer, l'acier, du fait de l'exploitation des mines de houille.

Cette fumée se rabattait sur la ville et toutes les maisons avaient leur façade noircie. Le pire est que les Stéphanois respiraient à pleins poumons cet air vicié.

La malheureuse madame Badel mourut à l'âge de 24 ans, laissant un mari bien désemparé.

Les Badel avaient engagé une petite bonne, Émilie Chautard, qui n'était autre que l'une des sœurs de mon père.

Dès l'âge de 18 ans, elle avait quitté la maison familiale de Chaillargues pour aller se placer à Saint-

Étienne. Elle était tombée chez de bons patrons, qui se montraient bienveillants à son égard.

Après la mort de madame Badel, Émilie demanda son congé, ne voulant pas rester avec un homme seul, bien que son patron fût à son égard d'une extrême correction. Mais, sait-on jamais ! À cette époque une jeune fille qui « cassait ses sabots » était rejetée par la famille et vouée au mépris public.

« Vous voulez donc me laisser, dans l'état de détresse où je me trouve ? demanda monsieur Badel.

– Si cela peut faire plaisir à monsieur, je consens à rester encore quelque temps, dit simplement Émilie. J'espère que ce ne sera que provisoire. »

Mais le provisoire dura…

Lorsque le temps du deuil fut achevé, quelques particulières de la haute société vinrent tourner autour de monsieur Badel, dans l'espoir de se faire épouser, car c'était un beau parti.

Monsieur Badel resta indifférent à l'avance de ces personnes qui furent renvoyées à leurs loisirs.

À mesure que le temps passait, monsieur Badel s'éprit de sa petite bonne. Elle avait tant de qualités : discrète, serviable, dévouée, de mœurs irréprochables. Il se disait : « *Je crois qu'Émilie ferait une bonne épouse ! Mais comment le lui dire ?* »

Après mures réflexions, un soir, il convoqua Émilie dans son bureau.

« Asseyez-vous, j'ai à vous parler… »

Un nuage d'inquiétude passa sur le visage d'Émilie.

« Mon Dieu, pensa-t-elle, monsieur va peut-être me gronder pour quelque bêtise que j'aurais pu commettre ! »

« Oui, j'ai à vous parler. Depuis le décès de mon épouse, vous avez pu constater que j'étais très malheureux. Elle ne m'a pas laissé d'enfants ! Tous mes collègues me disent de refaire ma vie ! J'ai pensé que peut-être… Émilie, voulez-vous m'épouser ?

– Vous épouser ? Monsieur, dit Émilie, en rougissant, je demande à réfléchir ! Il faudra que j'aille consulter l'oracle.

– Consulter l'oracle ! Que voulez-vous dire ?

– Dans mon pays, les femmes sont comme des esclaves ! C'est le père qui les marie, parfois contre leur gré, et je n'ai pas encore vingt et un ans. Je ne suis pas majeure !

– Eh bien, vous irez consulter l'oracle ! Je vous donne huit jours de congé ! »

Émilie partit sans tarder rejoindre sa famille et lui faire part de l'étrange proposition de son patron.

Les avis étaient divergents, certains disaient :

« Épouser ton patron ? Tu seras malheureuse ! On ne mélange pas les torchons avec les serviettes ! Toi, tu n'as pas le sou ! Lui, il est riche et un jour ou l'autre, il te reprochera la modestie de ta condition ! »

D'autres se montraient plus conciliants :

« Après tout, pourquoi pas ? On a bien vu dans l'histoire, des rois épouser des bergères ; ça ne leur a pas trop mal réussi ! Beaucoup de ces filles de bourgeois sont des pimbêches ! Ton patron a eu le temps de te juger et s'il te plaît, eh bien, épouse-le ! »

Émilie s'empressa d'apporter la réponse à monsieur Badel. Quelques semaines plus tard, monsieur Badel et Émilie Chautard échangèrent leurs consentements devant le maire et devant monsieur le curé dans la plus stricte intimité.

Naturellement, cette union « contre nature », fit un certain bruit dans les salons mondains, d'où la jalousie n'était pas exclue.

Avec le temps, tout rentra dans l'ordre « bourgeois ». Deux petites filles vinrent égayer le foyer, Delphine et Amanda.

Émilie, par mimétisme, s'embourgeoisa au contact des épouses et des filles de ses collègues, si bien que la petite provinciale devint une grande dame. Ainsi va le monde. Monsieur Badel devint mon oncle par alliance.

Après les embrassades, on nous introduisit dans le salon. Je regardais avec curiosité cet oncle que je voyais pour la première fois. C'était un quinquagénaire débonnaire, le visage encadré de favoris, costume de bonne coupe, la poitrine barrée d'une chaîne de montre en or.

Tante Émilie, malgré les allures bourgeoises qu'elle voulait se donner, avait gardé sur son visage une physionomie de campagnarde : vêtue d'une robe de soie grège, les cheveux relevés en un élégant chignon et l'air très affable.

D'une voix douce, elle nous dit :

« Vous devez être fatiguées, voulez-vous prendre quelque chose ?

– Bien volontiers, dit ma mère, mais quelque chose de chaud !

– Justement, c'est l'heure du thé ! »

D'une main molle, elle tira un cordon de soie muni d'un pompon. Une soubrette en tablier blanc jaillit dans l'embrasure de la porte… « Véronique ! Préparez le thé, pour six personnes ! »

Bientôt, Véronique réapparut portant sur un large plateau un grand pot d'eau bouillante, des tasses et des petits gâteaux dans des soucoupes.

Tante Émilie mit dans le pot une poignée de ce qui semblait être des feuilles desséchées et versa dans nos tasses un liquide de couleur ambrée :

« Sucrez-vous bien et prenez ces gâteaux… »

Du thé ! Je n'en avais jamais bu ! J'y trouvais une saveur étrange et je me dis : « *C'est bien moins bon que la tisane de pissenlits que ma mère me prépare quand je suis enrhumée !* »

Tout en buvant mon thé par petites gorgées, j'admirais les belles choses. Ce n'était partout que tapis, fauteuils, tableaux, vases à fleurs…

Quel contraste avec notre pauvre maison du Mas…

Mon regard fut attiré par une sorte de grand meuble noir, qui me semblait avoir tout le long, de nombreuses dents blanches et noires. Sur le devant, un petit tabouret. Je brûlais d'envie de savoir à quoi servait ce meuble.

Voyant que je le regardais avec insistance, Delphine vint à mon secours :

« C'est un piano ! Un instrument de musique. Si vous voulez, je vous jouerai un petit air… »
Et, sans façon, elle se mit à jouer des valses, des polkas, des quadrilles : j'étais émerveillée.

Le soir, on nous servit le souper dans la magnifique salle à manger, brillamment éclairée par un lustre. Cette vive lumière me faisait mal aux yeux, moi qui étais habituée à la faible lueur de nos lumignons à huile.

Pendant le repas fort copieux, je regardais avec envie Delphine et Amanda, deux jeunes filles plantureuses, et je faisais piètre figure avec ma maigreur et mon air chétif, dus à la mauvaise nourriture et aux privations. Je mangeais de bon appétit ces succulents petits plats, ce qui me changeait de la sempiternelle soupe au lard du Mas.

La conversation allait bon train : oncle Badel fit l'éloge de sa ville en pleine prospérité avec la manufacture d'armes, d'outils divers, les fabriques de soieries, de rubans, de velours. Le seul inconvénient était la saleté de l'air par les fumées d'usine.

Le repas terminé, Véronique nous conduisit dans la chambre bleue, qu'elle avait préparée pour nous.

La chambre bleue n'était que lambris, tapis, dentelles, sofas. Au-dessus du lit, un beau crucifix en ivoire ; en face, le portrait à l'huile de l'ancêtre et, c'est sous le regard de ce pépé, que je m'endormis du sommeil du juste.

Le lendemain, après le petit déjeuner (café au lait et tartines de beurre, quel luxe pour moi !) vint le moment des adieux. Avec effusion, nous avons pris congé de tante Émilie et des deux cousines après les avoir remerciées du bon accueil. Elles nous invitèrent à revenir quand nous le voudrions.

Oncle Badel nous reconduisit à la gare de Châteaucreux, à travers l'avenue centrale qui partage la ville en deux.

Il nous souhaita bon voyage après nous avoir installées sur le quai, puis disparut.

On attendit patiemment l'arrivée du train, sifflant, soufflant et crachant une noire fumée. Au passage de la locomotive, j'aperçus les deux hommes qui la conduisaient : coiffés d'une casquette crasseuse, de grosses lunettes sur le front, le visage noir de suie, on aurait dit des diables conduisant un monstre.

Nous avons pris place dans un wagon de troisième à banquettes en bois. Après avoir placé sur les filets nos minces bagages, je m'assis entre un gros monsieur à bésicles qui lisait son journal et une jeune femme qui tricotait tout en levant les yeux vers la vitre, pour voir défiler le paysage. Je regardais aussi, mais il n'y avait rien de plaisant pour attirer le regard, sinon des maisons laides, toutes pareilles dans les tristes bourgs que nous traversions : Saint-Chamond, Firminy, Rive-de-Gier.

Après deux heures de route, le train fit son entrée à Lyon. La ville était recouverte d'une brume épaisse. J'aperçus cependant la colline de Fourvière et sa belle église.

À notre descente du train, tante Marie, la sœur de ma mère, était là, somptueusement vêtue et coiffée d'un élégant chapeau.

Quel contraste avec l'accoutrement de ma pauvre mère : ses longues jupes de couleur sombre et sa coiffe auvergnate. Bien que beaucoup plus jeune que tante Marie, elle paraissait plus âgée qu'elle.

Tante Marie nous aida à porter nos bagages et dit :

« Pour rentrer à la maison, nous allons prendre la patache électrique.

– La patache électrique ? Qu'est-ce cela, demandai-je timidement à la tante. Je n'en avais jamais entendu parler.

– Ma petite fille, répondit ma tante, la patache est une voiture publique qui marche à l'électricité. »

Je n'étais guère plus avancée, lorsqu'apparut une sorte de diligence avec deux yeux (les phares) dont le toit était relié à un fil aérien.

J'avais ouï dire par les vieux que viendrait un temps où les voitures circuleraient sans chevaux, mais que ce temps marquerait la fin du monde !

Dans cette patache, il y avait deux classes, séparées par une porte à claire-voie.

En bonne princesse, tante Marie nous fit monter en première. J'étais émerveillée de voir cette patache rouler en silence et aussi vite que le train.

Nous étions sur le boulevard des Brotteaux. On pouvait voir défiler de chaque côté de grandes maisons comme je n'en avais jamais vues.

Tante Marie habitait l'une de ces maisons, où elle avait son appartement et son atelier de tissage.

L'intérieur était cossu, aussi bourgeois que celui de l'oncle Badel. Ah ! Nous étions loin de la pauvre maison du Mas, qui n'avait aucun confort : une maison de pauvres paysans restée comme jadis.

Après nous avoir confortablement installées, tante Marie nous raconta ses malheurs conjugaux. Son mari l'avait abandonnée pour suivre une autre femme : elle n'avait pas d'enfants et elle souffrait de la solitude.

À ma mère qui se plaignait de sa misérable condition, elle répliqua :

« Ma pauvre Maria, tu as tort de te plaindre. Tu as un mari fidèle, une fille gentille, tu as un foyer, une famille ! J'aimerais mieux vivre pauvrement et avoir une famille, plutôt que de vivre ici dans ce que tu appelles le luxe. Certes, la cage est bien dorée, mais ce n'est pas tout. »

Tante Marie dirigeait un atelier où l'on tissait la soie. Une vingtaine d'ouvrières étaient à l'œuvre devant leurs machines.

« Est-ce que l'on peut visiter cet atelier ? demandai-je timidement.

– Certainement pas, ma petite fille, d'abord c'est défendu ! Il ne faut pas distraire les ouvrières de leur travail ! Ce serait une perte de temps et comme on dit : “Le temps, c'est de l'argent !”

– Mais, dit ma mère, qu'est devenue ta sœur Joséphine ? Je croyais que c'était elle qui était contremaîtresse dans ton atelier.

– Ah, ma sœur Joséphine ! Parlons-en ! Tu sais le tour qu'elle m'a joué ? Elle m'a pris mon mari ! Depuis longtemps j'avais surpris leur intimité un peu trop voyante. Entre elle et moi, il y eut des scènes terribles, des disputes… ! Si bien que Joséphine et son amant quittèrent le domicile, pour s'établir quelque part à

Lyon : ah ! cette chipie, la honte de la famille ! Elle m'a trahie, moi qui lui avais donné l'hospitalité et lui avais procuré une situation plus qu'honorable.

– Mais, dit ma mère, qu'est-elle devenue ?

– Ah ! Je n'en sais trop rien ! Il paraît que lui a trouvé une place comme cuisinier dans un grand hôtel de Lyon. Plus tard, j'ai appris que c'est dans l'hôtel où travaillait mon ex-mari que le président Carnot fut assassiné. Depuis, je n'en ai plus eu de nouvelles. »

Lorsque je me trouvai seule avec ma mère, elle me dit :

« Surtout ne parle à personne de ce que tu viens d'entendre : tu tiendras ta langue. Quand il y a un déshonneur dans la famille, on ne l'étale pas à tous les coins de rue ! Silence donc et bouche cousue ! »

Les malheurs conjugaux ne furent pas les seuls dont tante Marie eut à souffrir. Lorsqu'elle vendit son atelier, elle récolta une somme considérable. Elle eut l'imprudence de placer cet argent, en 1913, dans ces fameux emprunts russes. Elle souscrivit une quantité de titres de 150 roubles. Elle croyait avoir fait une bonne affaire. On sait ce qu'il en advint ! Cet emprunt qui n'a jamais été remboursé. Tante Marie perdit toute sa fortune et en fit une maladie. Il y avait de quoi ! Ruinée, elle dut quitter son luxueux appartement pour un plus modeste. Elle dut vendre une partie de ses meubles et de ses bijoux pour subsister, n'ayant qu'une maigre pension.

Au cours de ces deux journées où nous restâmes à Lyon, tante Marie voulut nous faire visiter Fourvière et sa magnifique basilique qui venait d'être inaugurée. On prit la patache jusqu'au pied de la colline et là, pour accéder à la basilique, on prit la Ficelle, sorte de benne tirée vers le haut par un câble d'acier.

J'étais frappée par les dimensions de cette splendide basilique, dédiée à Notre Dame. Elle aurait pu contenir au moins dix églises comme celle de Saint-Just.

Du haut de cette colline, on voit la ville de Lyon qui s'étend jusqu'à l'horizon, avec la Saône et le Rhône qui se rejoignent au centre de la ville.

Tante Marie nous dit que certains jours d'été, quand le temps était clair, on apercevait le massif du mont Blanc.

Le lendemain, ce fut le parc de la Tête-d'Or où l'on vit toutes sortes de bêtes. Certaines me faisaient peur.

Vint le jour du départ. Au petit matin, tante Marie nous accompagna jusqu'au quai d'embarquement – ma mère ayant décidé que nous prendrions le bateau à vapeur pour aller à Mâcon.

Ce quai se trouve sur l'île Barbe. Pour y accéder, on emprunte un pont en fer.

Bientôt nous vîmes s'approcher avec lenteur le gros bateau à vapeur dont la grande roue faisait clapoter l'eau.

Un flot de voyageurs descendirent, remplacés immédiatement par d'autres qui montèrent à bord, et se casèrent, les uns sur le pont, les autres dans les cabines.

Quand tous les voyageurs furent à bord, la sirène mugit. Sur les collines, on voyait de petites maisons toutes semblables.

« Ce sont les maisons des canuts, dit un passager.

– Canut, canut, que veut dire ce mot ?

– Ce sont, répondit ma mère, des ouvriers qui tissent la soie sur un métier à bras. »

Les rives de la Saône sont riantes et pleines de fraîcheur.

Après une heure de voyage, nous fûmes à Villefranche-sur-Saône, une petite ville. Là descendirent quelques personnes – des pèlerins – qui allaient à Ars, dans les Dombes, prier sur la tombe d'un curé mort en odeur de sainteté.

Une heure plus tard, nous étions à Mâcon, terme de notre voyage. Grand-père Tavernier était sur le quai pour nous accueillir.

Vieux maître d'école, coiffé d'un chapeau gris, vêtu d'une veste de toile, une main appuyée sur une canne, le front dégarni, des yeux vifs derrière des lunettes cerclées de fer, une barbe et des favoris qui lui mangeaient les joues, légèrement voûté : tel m'apparut grand-père Tavernier.

Il habitait une petite maison de modeste apparence dans un coin retiré de la ville. Point de patache électrique pour nous conduire à son domicile, mais la distance était de peu d'importance.

Dès l'arrivée, nous fûmes accueillies par sa vieille servante, Sidonie, petite femme accorte et bienveillante.

De suite elle nous conduisit à la chambre prévue pour nous. Un grand lit avec des rideaux, une table de toilette avec cuvette, broc et seaux, une penderie. Au mur, des images pieuses et des gravures représentant des paysages, des moulins et des enfants joufflus.

Pendant que Sidonie préparait le repas, grand-père Tavernier nous fit l'honneur de la maison. D'abord le salon dont les lames de parquet étaient usées par le passage des pieds. La bibliothèque, dont les portes étaient vitrées avec naturellement les livres du maître d'école, mais aussi des livres classiques, des auteurs du début du XIXe siècle : Chateaubriand et Lamartine, l'enfant du pays.

Il nous fit faire un petit tour au jardin situé derrière la maison, côté du couchant. Ce jardin était mal tenu ! Grand-père savait sans doute mieux cultiver les arts et les lettres que les choux et les carottes !

Au fond du jardin, un petit réduit où il rangeait ses outils et aussi une curieuse machine ; sur un cadre en bois, une grande roue, avec de chaque côté, une manivelle et une roue plus petite surmontée d'un siège.

« Qu'est-ce que c'est que cela ? demandai-je.

– Ça, c'est un vélocipède.

– Quoi ?

– Un vélo-ci-pède. Cet appareil sert pour se transporter. On le fait avancer en appuyant sur les pédales de la grande roue.

– Mais comment fait-on pour tenir l'équilibre sur deux roues ?

– Je ne peux pas te l'expliquer. Quand l'appareil est immobile, c'est impossible, mais quand il roule, on tient très bien l'équilibre sur deux roues. Malheureusement, à mon âge, je ne puis pas t'en faire la démonstration, mais si tu vas en ville, tu verras ce que l'on appelle des “bicyclettes”, des machines en fer et qui ont les deux roues du même calibre. Le vélocipède est démodé et dangereux pour qui n'a pas l'habitude de le guider. »

Avec ma mère, nous avons visité la ville qui ne renferme pas beaucoup de curiosités. On se promenait le long des quais de la Saône. On entrait dans une église faire une prière.

C'était l'époque des vendanges, de lourdes charrettes traînées par des chevaux énormes transportaient le raisin, dans des bacholles, vers les chais où se faisait le vin. Une forte odeur de vinasse remplissait les narines…

Bien plus tard, j'appris que le Beaujolais était un vin de qualité.

Vint l'heure du retour : pépé Tavernier nous accompagna jusqu'au quai d'embarquement. Lorsque le bateau s'éloigna, il nous fit un signe d'adieu en agitant sa main. Nous fîmes de même.

J'étais un peu émue en pensant que ce pépé que j'avais vu pour la première fois, je ne le verrais probablement plus.

Pendant le retour, j'étais triste et mélancolique ! Je repassais dans mon esprit les moments délicieux vécus à Saint-Étienne, Lyon, Mâcon. J'avais découvert un monde que je ne soupçonnais pas ! Et j'enviais secrètement toute cette parenté qui vivait dans le luxe et le confort, faisant de bons repas, ayant possibilité de se distraire ! Tandis que moi, je devais passer ma jeunesse à garder les vaches, vivre de soupe au lard, d'un quignon de pain et d'un morceau de fromage en guise de repas, vivre au milieu des bois dans la solitude, alors que j'avais été enivrée par la foule, le mouvement de la ville, intérieurement je me plaignais de mon sort.

Avec ma robe de coton et ma collerette de dentelle, j'avais fait piètre figure auprès de mes cousines Badel vêtues de robes d'organdi ! Et ma pauvre mère, avec sa coiffe de paysanne auvergnate, ses longues jupes noires qui balayaient le sol ! Quel contraste avec sa sœur vêtue comme une grande dame !

J'eus presque honte de notre pauvreté et je n'eus qu'une idée : quitter le Mas pour vivre en ville où je croyais que la vie était plus facile !

Mais ce n'est que bien plus tard que je pus mettre mon projet à exécution…

Après un long voyage en chemin de fer, en carriole, nous arrivâmes à Chemintrand, bien fatiguées. Il pleuvait, le ciel était gris et bas, bien à l'image de mes pensées plutôt moroses. C'est sans joie que je retrouvais le pays.

Mon père, prévenu, était venu nous attendre pour nous aider à porter nos bagages. Il nous reçut avec effusion, nous disant qu'il s'était bien ennuyé pendant notre absence.

Quand je revis la maison familiale, mon cœur se serra. Revenir dans cette demeure sans confort après avoir goûté les délices d'un séjour en ville ! L'accueil de la vieille tante fut plutôt froid.

« Ah ! Vous voilà enfin ! Vous êtes allées faire les dames en ville, tandis que moi j'ai dû faire tout le travail ! Traire les vaches, faire boire les veaux, faire la pâtée des cochons, sans compter le reste. Vous vous êtes passées une “belle république”, tandis que je trimais ! À mon âge ! J'espère bien que les voyages seront terminés… et pour longtemps. »

Ma mère, toujours soumise, ne répondit mot à cette algarade. Mais aux veillées, elle raconta à Père notre voyage a Mâcon.

Après notre retour, il fallut se réhabituer à cette vie rude et sans joie. La nuit, je rêvais aux merveilles que j'avais vues, mais au réveil j'étais confrontée à la dure réalité : la soupe grasse, les vaches à conduire au pré et la dentelle à faire aux rares moments de loisirs. La vie continuait, monotone et triste.

IX

Autour des clochers

TOUS LES DIX ANS, avait lieu dans nos paroisses la « mission ». Pendant trois semaines, des prêtres venus de Clermont, portant camail, croix pectorale et ruban bleu, organisaient des cérémonies et des prédications pour réveiller les consciences et rappeler aux fidèles leur devoir de chrétien.

La mission n'était pas seulement un instrument d'évangélisation, c'était aussi un spectacle et dans nos montagnes où les distractions étaient plutôt rares, on allait à la mission dans les paroisses voisines : Baffie, Grandrif et parfois Medeyrolles.

Pour attirer les fidèles, les missionnaires organisaient de véritables spectacles. Il y avait, au début de la cérémonie du soir, une prise de bec entre l'avocat du diable et l'un des missionnaires.

L'avocat du diable faisait toutes sortes d'objections contre la religion ; celles que font généralement les incroyants : « Dieu n'existe pas ! Jésus-Christ n'est pas ressuscité ! Les miracles, c'est de la blague ! Après la mort, il n'y a plus rien ! Les curés sont des fainéants qui vivent aux crochets du peuple, ce sont des hommes d'argent, etc. »

Le missionnaire qui était dans le chœur de l'église répondait point par point à ces objections et il le faisait parfois avec humour, ce qui provoquait les fous rires de l'assistance.

À Baffie, pour la mission, les missionnaires avaient construit une croix de plusieurs mètres de hauteur, hérissée de pointes sur lesquelles étaient fixées des bougies. Chaque bougie était reliée par une mèche de coton. La croix était sur un plan incliné. On allumait la bougie qui était tout au bas de la croix et le feu se propageant, toutes les bougies s'allumaient les unes après les autres.

Les fidèles poussaient des « oh, oh, oh » d'admiration et la croix était entièrement illuminée.

Un dimanche après-midi, un groupe de fidèles de Saint-Just se rendit à Grandrif pour la clôture de la mission : j'étais du nombre avec ma mère. Les rues principales du bourg, sur le parcours de la procession, étaient ornées de genévriers sur lesquels on avait piqué des roses en papier de couleurs différentes.

Lorsque la procession se forma, nous prîmes place en queue du cortège. Le curé, tel un énervé, parcourait sans cesse la procession, son surplis voltigeant au vent comme les ailes d'un pigeon. Lorsqu'il vit le petit groupe de Saint-Just, il cria à haute voix pour être bien entendu : « Les étrangers ! Ah ! les étrangers, je les donnerais bien pour deux sous ! »

Cette réflexion fort déplaisante jeta la consternation dans les rangs des « étrangers ». Je crois que nous ne faisions pas bien de mal en mêlant nos prières et nos cantiques aux fidèles de Grandrif.

Vint la fin de la cérémonie et le curé monta sur une petite estrade pour prendre congé des missionnaires. Il fit une harangue assez banale et termina par ces mots que je n'ai pas oubliés.

« Messieurs les missionnaires, au moment de vous voir partir, j'ai une émotion qui me tue, j'ai une émotion qui me tue ! »

Entendant cela, une femme de notre groupe, la Tonine qui n'avait pas la langue dans sa poche réplique : « Vous avez entendu le curé, j'ai une émotion qui me tue, j'ai une émotion qui me tue ! Eh bien, ajouta-t-elle, en patois : *Quo te po bian crebar !* (Ça peut bien te crever !) »

Bien sûr, il ne faut pas prendre à la lettre ce souhait plutôt macabre, mais comme une grosse plaisanterie répondant à la réflexion méprisante du curé envers les « étrangers ».

Sur le chemin du retour, les gens riaient encore de la réplique cinglante de la Tonine.

Dans les années 1880, la paroisse de Baffie n'existait pas. Tous les hameaux de cette commune étaient rattachés à la paroisse de Saint-Just. Il y avait bien une chapelle, dernier vestige sans doute du château d'Eleonor de Baffie, mais elle était en mauvais état et de toute façon trop petite pour contenir les fidèles à la messe dominicale. De plus, la distance était longue pour accéder au bourg de Saint-Just à une époque où l'on voyageait à pied. Des pétitions parvinrent à l'évêché pour que l'on érige en paroisse le bourg de Baffie. Pour cela, il fallait une église.

Pour mener à bien ce projet, l'évêque de Clermont nomma curé un prêtre de grande valeur : l'abbé Guillaume Poinson.

Dans une région très pauvre, trouver des fonds n'était pas une mince affaire. La commune vota un petit budget très insuffisant.

Il y avait à Arlanc un homme politique très influent : M. Sabbatterie. Était-il député ? Conseiller général ? Tout ce que je sais, c'est qu'il était radical-socialiste et franc-maçon notoire.

L'abbé Poinson n'hésita pas à aller le trouver pour solliciter une subvention. Elle lui fut accordée et les travaux d'édification de l'église purent commencer. Puis les dons affluèrent et vint le jour de l'inauguration de l'église en présence de l'évêque, du clergé local et des notables de la région. L'abbé Poison n'était pas peu fier d'avoir pu réaliser son projet.

Le premier curé de Baffie était un homme grand, mince, le front légèrement dégarni, les bésicles sur le bout du nez, le rabat plein de grains de tabac – il prisait – et la tête couverte d'une calotte de velours. Il avait l'air d'un vieux savant ; d'ailleurs il l'était.

Il avait fait des études de médecine assez poussées mais au lieu de les continuer à la faculté, il était entré au séminaire pour devenir prêtre.

Dans ce coin perdu où il n'y avait de médecin que dans les cantons, il utilisait ses connaissances pour guérir ou soulager les petits bobos.

Journellement, il recevait dans sa salle à manger. Dans les cas graves, il expédiait les patients chez le médecin.

Dans cette paroisse, le ministère n'étant pas trop absorbant, il utilisait ses loisirs pour chasser. On le voyait parfois à la Garnasse près de chez nous car il aimait discuter avec mon père. Moi je trouvais drôle de voir ce curé chaussé de grandes bottes et le fusil en bandoulière.

La paroisse de Medeyrolles est toute proche de Saint-Just : ayant de la parenté à « la Fayolle », j'y allais quelques fois à la messe.

L'abbé Tixier, curé de la paroisse, était un homme débonnaire, mais un peu naïf. Il se laissa piéger dans une sombre histoire, qui illustre la méchanceté de certains, la lâcheté des autres.

Un jour au catéchisme, le curé aperçut un enfant qui cherchait à dissimuler un livre qu'il avait rapporté de l'école.

« Qu'est-ce ce livre ? fit le curé.

– C'est *L'Histoire de France*.

– Montre ! »

Le prêtre feuilleta le livre et au chapitre de la guerre de Cent Ans, il était question de Jeanne d'Arc, une fille du peuple.

Elle avait « cru » entendre des voix. L'action de Jeanne d'Arc était complètement vidée de sa mission spirituelle.

« C'est un mauvais livre ! dit le curé. Il ne dit pas la vérité. Jeanne d'Arc a bel et bien entendu les voix de saint Michel et de sainte Marguerite qui lui ordonnaient d'aller sauver la France et de renvoyer les Anglais dans leur île, après avoir fait sacrer le roi Charles VII à Reims. Sa mission était divine, ce que ton livre ne dit pas ! »

L'enfant fut un peu troublé par ces explications. Qui croire ? Le curé ou monsieur l'instituteur...

Rentrés à la maison, les enfants racontèrent à leurs parents, disant que d'après le curé, l'instituteur ne leur enseignait que des mensonges.

Du coup, certains s'empressèrent d'aller trouver l'instituteur pour lui raconter ce qu'avait dit le curé.

Se jugeant diffamé, l'instituteur prit très mal la chose : il porta plainte.

Le prêtre, ayant publiquement contesté l'enseignement de l'instituteur, méritait une bonne leçon. Il fut traîné devant les tribunaux.

C'est à Riom que fut jugée l'affaire. Le prêtre, mal défendu par son avocat, fut condamné à une lourde amende.

Prévenu, l'évêque de Clermont, jugeant la peine trop sévère, décida de faire appel devant le tribunal de Toulouse. Ce dernier confirma la sentence rendue à Riom et le pauvre curé dut non seulement payer l'amende mais aussi les frais de procédure. Bien sûr, le curé étant très pauvre, ce fut l'évêque qui régla la note.

Dans la paroisse, les opinions étaient diverses. Les uns soutenaient l'instituteur à qui il ne fallait faire nulle peine ; il était secrétaire de mairie et rendait de nombreux services. D'autres prenaient le parti du curé mais n'osaient élever la voix, par timidité, par lâcheté.

Outré de la passivité des paroissiens de Medeyrolles qui n'avaient pas pris la défense de leur curé, l'évêque résolut de frapper un grand coup : il jeta l'interdit sur la paroisse. Sanction terrible !

L'abbé Tixier fut invité à partir ; il se retira chez les dominicaines d'Ambert. Le culte fut supprimé complètement : plus de messe le dimanche, plus de catéchisme assuré. Pour les malades, on devait aller quérir un curé voisin, à ses frais ! De même pour les enterrements, les mariages, les baptêmes.

Les gens étaient consternés, surtout les commerçants qui voyaient péricliter leurs intérêts, faute de clients. Les fidèles qui allaient à la messe dans les paroisses voisines, y faisaient leurs emplettes. Dès lors, se manifesta une violente colère contre l'instituteur et contre ceux qui étaient allés servilement l'informer des propos du curé.

Le maire et quelques conseillers partirent à Clermont trouver l'évêque pour essayer d'arranger les choses. L'évêque fut intraitable ! Il fallait donner une bonne leçon aux parents dénonciateurs et aux paroissiens qui, par lâcheté, par couardise, n'avaient pas pris la défense de leur curé.

L'interdit dura deux longues années. Beaucoup de parents retirèrent leurs enfants de l'école, pour envoyer les garçons chez les frères, à Arlanc. Les filles furent disséminées dans les écoles des paroisses voisines : il en vint quelques-unes à l'école des sœurs de Saint-Just où elles furent fraîchement accueillies.

Le temps arrange bien les choses : l'abbé Tixier regagna sa paroisse, présenté par un vicaire général, lequel recommanda d'avoir plus d'égards pour le curé. L'instituteur, lui, voyant l'hostilité des habitants de la commune, demanda son changement.

Restait à résoudre une question délicate : les frais de la procédure. L'évêque exigea que la commune rembourse les frais, les amendes dont le curé avait été frappé. Ce qui fut fait…

Au début du XXe siècle, lors de la promulgation des lois laïques, de la séparation de l'Église et de l'État, un vent d'anticléricalisme souffla avec violence jusque sur nos plateaux. Les gens étaient divisés, les passions politiques exacerbées. Il y avait les blancs et les autres, les radicaux et les républicains farouches.

Les blancs étaient chambrés par les instituteurs, les « hussards de la République », agents électoraux de la gauche et farouchement anticléricaux.

Ils l'étaient d'autant plus que le nombre de leurs élèves était plutôt réduit. L'ensemble des filles allaient chez les sœurs qui avaient des écoles dans presque toutes les paroisses. Quant aux garçons, beaucoup de parents les mettaient chez les frères soit à Ambert, soit à Arlanc.

Il y avait à Saint-Just, deux prêtres : l'abbé Jarleton, curé, et son vicaire, l'abbé Verdier. Pieux, zélés, sérieux, ils géraient bien la paroisse sur le plan religieux, mais, suivant les mœurs du temps, ils avaient eu tendance à flatter les riches et à mépriser les pauvres.

Je crois avoir dit que pour la communion ils avaient mis premier le fils du maire, sans aucune justification, car ce garçon était peu brillant pour réciter ses leçons. Mais voilà ! Il était le fils du maire, lequel avait sans doute payé en nature cette première place injustifiée !

Autre exemple : nous étions plusieurs filles à avoir été marraines, soit d'une sœur soit d'une cousine. Au catéchisme, le vicaire nous complimenta… et voici qu'une pauvre fille, légèrement débile, voyant qu'elle ne recevait aucun compliment s'écria : « Et, moi aussi, je suis marraine !

– Toi ! lui répliqua le vicaire, tu ne devrais parler que quand les poules font... ! » Il est dit dans *l'Évangile* que Jésus avait une affection spéciale pour les pauvres, les infirmes, les pêcheurs. Ce vicaire n'avait pas un esprit très évangélique !

La pauvre Anne-Marie se sentant méprisée, fondit en larmes.

Si les instituteurs vitupéraient l'école des curés, foyers d'obscurantisme, ces derniers répliquaient de cinglantes critiques contre l'école « sans Dieu ».

Bref ! C'était le début de la guerre scolaire qui allait durer des lustres et des lustres.

Pour les élections législatives, deux candidats opposés venaient à tour de rôle pérorer leurs discours électoraux.

L'un d'eux était du pays. Monsieur Sabatterie, sénateur-maire d'Arlanc et franc-maçon notoire. Il l'était plus par nécessité que par conviction : à cette époque, les loges avaient une grande influence sur le plan politique.

Sabatterie n'était pas un mauvais homme. Lorsque le curé de Baffie, Guillaume Poinson fit construire l'église, Sabatterie lui fit obtenir importante subvention, comme cela a été dit plus haut.

Mais, c'était un républicain, un homme du parti radical, dont il suivait la politique.

Son concurrent, monsieur Dumont, fondateur du journal *L'Avenir du Plateau Central* était un homme un peu falot et il n'était pas du pays. Aussi entendait-on les braillards hurler : « Vive Sabatterie, à bas Dumont ! » Bien entendu, les curés recommandaient aux fidèles de voter pour le « bon » parti. Ils n'étaient pas toujours écoutés. Des gens qui allaient bien à la messe votaient pour Sabatterie parce qu'il avait promis que les veaux se vendraient bien et que s'il était élu, il procurerait à la région toutes sortes d'avantages.

Les passions furent exacerbées à un point tel que le jour des élections, quelques excités stupides allèrent enduire de merde les portes du presbytère et celles de l'église. Cela se passait à Baffie ! Le curé Poinson qui avait fait bâtir l'église en fut ulcéré.

Le jour de la communion, au cours des vêpres et tandis que le prêtre était en chaire, un individu qui avait bu, père d'une fillette, interpella violemment le curé : « Hé curé ! si tu es un homme, descends de ton perchoir et viens t'expliquer avec moi ! »

« Faites sortir cet homme », répliqua le prêtre : plusieurs fidèles empoignèrent le perturbateur et le poussèrent dehors sans ménagement. Mais le scandale fut énorme. L'épouse de l'intrus et la petite fille fondirent en larmes…

Quant au curé, il prit très mal la chose et peu après il demanda son changement. Il fut nommé à Thiers… et périt d'un accident de la circulation.

Quant au perturbateur, il fut sévèrement jugé par l'ensemble de la population : c'était la première fois que l'on voyait un individu s'en prendre verbalement à un prêtre au cours d'une cérémonie.

À Saint-Just, l'action fut moins violente mais tout aussi perfide : on employa la calomnie pour déconsidérer les prêtres. Une rumeur venue de je ne sais où se propagea de bouche à oreille. Certains hommes dans les bistrots, en faisaient les sujets de plaisanterie. De bonnes âmes bien intentionnées allèrent raconter aux prêtres tout le mal que l'on disait d'eux.

Le curé Jarleton en fut très affecté et le dimanche à la messe paroissiale, au cours du prône, il y fit allusion :

« Des bruits courent sur mon vicaire et sur moi-même : on met en jeu notre réputation. Les gens qui ont colporté et propagé ces bruits sont “d'infâmes menteurs”... Ne nous jugez pas mes frères, le bon Dieu nous jugera... »

Le prêtre avait à peine achevé de dire ces mots que sa mère qui était dans l'assistance éleva la voix pour dire (en patois) : « *Ha pa toudzou mandzo son pau vé Saint Dzu* ! (Il n'a pas toujours mangé son pain à Saint-Just !) »

Angèle, ma meilleure amie, me dit un jour :

« Si dimanche on allait à Marsac voir ma cousine religieuse, qu'en penses-tu ?

– Très bonne idée ! Ce serait pour nous l'occasion de faire une belle promenade. Cela nous changerait les idées. Ici les distractions sont plutôt rares. »

Donc un dimanche matin, vêtues de nos plus beaux atours, nous prenons le chemin de Marsac. Bonnes marcheuses, nous n'avons mis que deux heures pour franchir la distance et arriver assez tôt pour la messe.

Sur la route de Chadernolles, il y avait quantité de soldats qui faisaient la manœuvre : on les voyait courir avec leur pantalon rouge à travers champs, sur les chemins.

À mi-parcours, nous voyons foncer dans notre direction une sorte de bolide, lancé à toute vitesse et soulevant derrière lui une trombe de poussière. Paniquées à l'extrême, nous nous jetons dans un fossé et nous mettons à l'abri derrière un arbre.

De l'endroit où nous nous cachions, nous avons pu voir un homme casqué de cuir, de grosses lunettes sur les yeux, vêtu de peau de bique et, derrière, quatre hommes vêtus de la même façon ; nous avons eu bien peur et les bidasses qui étaient tout près se sont bien moqués de nous.

Finalement nous avons repris nos esprits et continué notre route, priant le bon Dieu de ne pas revoir cette machine infernale.

Lorsque nous fûmes sur le pont de la gravière, on entendit la messe sonner. Arrivées à l'église, elle était pleine ! Nous avons tout de même trouvé une place dans la chapelle du fond.

Le curé fit un long sermon un peu savant auquel je n'ai pas compris grand-chose : il avait l'air sévère ce curé et, pendant qu'il prêchait, voici qu'une jeune fille traverse toute l'église en faisant sonner ses talons sur les pavés, clic, clic, clic, clic. Le curé interrompt son prêche. Il regarde d'un air sévère la demoiselle qui s'en va prendre sa place vers les chanteuses. D'un ton sarcastique, il laisse tomber :

« Eh oui ! On arrive en retard ! On prend le temps de se pomponner le minois ! Et pendant ce temps, la messe se dit ! »

La pauvre fille rougit jusqu'à la racine des cheveux et, pleine de confusion, elle cacha son visage dans ses mains.

À la sortie de la messe, on trouve la cousine. Après les embrassades, elle nous dit :

« Vous viendrez dîner avec nous. »

Sur la place, il y avait un marché. Attendant midi, nous allons bagnauder devant les étalages et lorsque sonne l'Angélus, nous nous présentons au couvent.

Ce couvent était une vieille bâtisse aux murs lépreux, aux pièces immenses. La communauté était composée de trois religieuses : la cousine Angeline, la sœur Marguerite, et la mère Elisabeth. Quelques gamines mal vêtues et à la mine chétive, sans doute des orphelines, complétaient l'ensemble.

La Mère Supérieure nous reçut plutôt fraîchement :

« Tiens ! C'est vous qui êtes là ! Vous tombez bien mal… Vous venez sans doute pour dîner ? Enfin, on s'arrangera… »

La cousine était un peu gênée :

« C'est moi qui les ai invitées, dit-elle timidement. J'ai pensé que quand il y en a pour trois, il peut bien y en avoir pour cinq !

– Vous parlez bien, vous, sœur Angeline : on voit bien que ce n'est pas vous qui tenez les cordons de la bourse ! »

Cette Mère Supérieure était d'une économie qui frisait l'avarice !

Au repas, on nous sert une sorte de ragougnasse peu appétissante, composée de bas morceaux noyés dans une sauce grasse et qu'on appelle à Saint-Just du *gargaru*. J'en pris un peu au bord de mon assiette, pensant me rattraper aux plats suivants. On nous donne deux saucisses, grosses comme le petit doigt. La sœur cuisinière apporte un plat de pommes de terre dorées au four. Enfin ! me dis-je, on va bien se régaler…

Le plat était à peine posé sur la table que Mère Supérieure intervient :

« Remportez ce plat à la cuisine ! Gardez-le pour ce soir. Nous avons assez mangé ! »

Il fallait voir nos mines s'allonger tellement notre déception était grande ! Du coup, Angèle et moi nous nous levâmes et, après de brefs adieux, nous quittâmes sans regret ce couvent inhospitalier.

Nous avions encore faim, nous allâmes chez le boulanger acheter des allumettes et un *michou* !

Comme il faisait très beau, nous allâmes compléter notre repas sous les arbres de la Gravière.

Avant de prendre le chemin du retour, Angèle me dit :

« Qu'allons-nous faire maintenant ? Il est bien trop tôt pour rentrer.

– Mais au fait, c'est bien aujourd'hui qu'a lieu la clôture de la mission à Beurières. Si on y allait ?

– D'accord ! Allons-y ! Mais pas par la route de Chadernolles. Des fois si on rencontrait le "diable et ses quatre loups-garous". Mais on peut prendre les coursières à travers le bois d'Ourlioux. »

En chemin, nous faisions d'amères réflexions sur la façon un peu trop cavalière dont nous avions été reçues.

« Ah ! dit Angèle, elle peut toujours m'inviter la cousine : je ne suis pas prête d'y remettre les pieds dans ce triste couvent ! »

Arrivées dans le bourg de Beurières, toutes les rues étaient ornées de genévriers sur lesquels on avait piqué des roses en papier de différentes couleurs.

C'était l'heure des vêpres. L'église était pleine de fidèles : toutes les places étaient prises, nous dûmes rester debout au fond de l'église.

Le curé entonna un psaume d'une voix chevrotante, si bien que le fou rire nous prit. On aurait dit qu'il bêlait comme une chèvre ! J'avais beau mettre mon mouchoir devant ma bouche, rien ne pouvait retenir cette hilarité intempestive, si bien que les vieilles dévotes qui étaient devant nous, nous regardèrent d'un air courroucé et nous interpellèrent :

« Mais d'où sortent-elles ces effrontées qui se moquent de notre pauvre curé ?

– Si vous voulez rire, allez dehors ! »

Et nous voilà sur la place de l'église, essayant de calmer ce rire inextinguible.

Pour le retour, au lieu de passer par Tonvic et Yssartier, nous prîmes le chemin de la « Malotière » qui conduit directement au bourg de Saint-Just.

Arrivée à la maison, mon père me dit :

« Qu'avez vous vu à Marsac ?

– Ce que j'ai vu à Marsac ? Sur la route de Chadernolles, un diable qui traînait quatre loups-garous dans une charrette. »

C'était la première fois que j'avais vu une automobile…

Je racontais ensuite la façon dont nous avions été reçues au couvent…

Pour conclure, je dis à ma mère :

« Vous voudriez que je fasse une sœur ? Ah ! certes non ! Il n'en est pas question ! Je ne veux pas faire une sœur… pour aller crever de faim ! »

X

Domestique à la ville

J'avais 22 ans et je m'ennuyais ferme au Mas, à vivre au milieu des bois, à faire un travail routinier, sans distraction aucune. Comme on dit dans le Midi, je « me languissais » ! J'aspirais à vivre en ville d'autant plus que lors de mon voyage à Mâcon, j'avais vu Saint-Étienne, Lyon et Mâcon.

Je m'imaginais que la vie y était plus facile, et puis j'avais besoin de gagner un peu d'argent.

Ma mère m'avait cassé les oreilles pour me faire entrer au couvent ! Je n'avais pas la vocation et les quelques rapports que j'avais eus avec les bonnes sœurs m'avaient édifiée sur leur comportement. La visite rendue à la cousine religieuse de Marsac était encore dans ma mémoire.

Je pensais donc fonder un foyer et pour cela me constituer un trousseau.

Lorsque je fis part à ma mère de mon désir de partir, ce fut un ouragan ! Je fus accablée de reproches et de malédictions. Aller en ville ? C'était la perdition ! Je courbais la tête sous l'orage et quand ma mère fut calmée, j'allais trouver mon père en train de battre des gerbes au fléau.

Mon père se montra plus compréhensif.

« Si tu veux t'en aller, eh bien pars ! Je ne te retiens pas ! Mais fais attention ! La ville recèle mille pièges pour une jeune fille : si tu te places comme bonne, que ce soit dans une famille honnête ! Et fais-toi respecter… »

Je préparais donc mes bagages, un peu de linge dans un sac, un peu de nourriture pour le voyage.

Ma sœur Joséphine m'accompagna à Saint-Just. Les adieux furent plutôt froids.

« Tu écriras, me dit la mère. Donne-nous souvent de tes nouvelles pour que nous ne soyons pas trop inquiets. »

Le courrier de Saint-Just me conduisit à la gare de Marsac où je pris le train pour Clermont. Voyage en wagon troisième classe avec changement à Pont-de-Dore.

Tout en regardant défiler le paysage, j'étais empreinte d'une sombre mélancolie. J'avais du remords d'avoir contristé ma mère et à mesure que le train approchait de Clermont, j'étais prise d'une sorte d'angoisse. J'allais à l'aventure, vers l'inconnu !

Arrivée à Clermont, je fus émerveillée de voir cette activité fébrile. À la sortie, une foule de gens allant dans tous les sens et sur le parvis, de nombreux fiacres attendaient les clients.

J'en pris un et lui demandai de me conduire au cours Sablon à une adresse qu'on m'avait donnée : là se trouvait un bureau de placement.

Le voiturier me déposa devant un grand bâtiment administratif : c'était le bureau de placement.

À l'intérieur, une grande salle avec des banquettes sur lesquelles étaient assises un grand nombre de jeunes filles attendant leur tour d'être appelées au bureau. À voir leur mine rouge et leur accoutrement, on voyait qu'un grand nombre d'entre elles venaient de la campagne. Certaines qui devaient se connaître, bavardaient allégrement. Moi, ne connaissant personne, je restais sagement dans mon coin, trouvant l'attente bien longue.

Quand mon tour arriva, je fus introduite dans le bureau derrière lequel siégeaient trois personnes : deux femmes et un homme. L'une des femmes me questionna, sur mes origines, âge, lieu de naissance :

« Que savez-vous faire ? Le ménage ? La couture ? Le repassage ? Savez-vous vous occuper d'enfants ? Quelles sont vos possibilités ? »

Je répondis timidement que je savais faire le ménage, la couture et ayant eu deux sœurs et un frère plus jeune que moi, j'avais l'expérience des soins à donner aux enfants.

À mesure que je parlais, l'homme tapait à la machine mes réponses.

Les femmes et l'homme se concertèrent et on me dit :

« Il y aurait une place de bonne à tout faire chez un officier d'infanterie, place des Minimes. Il y a deux enfants, un garçon et une fille déjà assez grands. Cela vous convient-il ?

– Oui ! », répondis-je du bout des lèvres.

Un autre voiturier me conduisit place des Minimes à l'adresse indiquée. Je tire le cordon de sonnette, une jeune fille toute en larmes vient m'ouvrir :

« C'est vous la nouvelle bonne ? fit-elle en me dévisageant. Eh bien, je vous souhaite bon courage ! Entrez dans le petit salon, je vais prévenir Madame. »

De suite j'eus une impression plutôt triste et je disais à part moi : « *Dans quel guêpier suis-je tombée ?* »

Bientôt la porte s'ouvrit et surgit Madame, une grande femme élégante, portant collier et bijoux. « C'est vous qui venez remplacer Martine ? Elle nous quitte : bon débarras ! Vous avez une recommandation ? »

Je lui tends le papier qu'on m'avait remis au bureau de placement sur lequel étaient inscrites mes capacités. Madame l'examina longuement et après un temps de silence, elle dit :

« Prenez vos bagages… Je vais vous montrer votre chambre et vous prendrez votre service de suite. Vous venez de la campagne : ici c'est la ville, la vie est différente, j'espère que vous vous plairez. Il faudra vous adapter à ce nouveau genre de vie. Vous aurez à faire le ménage, la cuisine, la lessive, la couture, le repassage et le soin de nos enfants. Comme gages je vous donnerai ce qui est convenu : trente francs par mois. Le dimanche si c'est votre conviction, vous aurez le temps d'aller à la messe à l'église des Minimes toute proche et l'après-midi, vous aurez deux heures pour visiter la ville ou vous promener ; est ce que cela vous convient ? »

En guise de bienvenue, j'offris à cette dame quelques aunes de dentelle très fine que j'avais faites avant de partir. Elle prit la dentelle, fit une moue et me remercia du bout des lèvres.

Par un escalier plutôt roide, j'accédais à ma chambre. C'était une cellule faiblement éclairée par un vasistas. Contre le mur un petit lit de fer, une penderie, une petite table sur laquelle se trouvaient le broc et la cuvette pour les ablutions, deux chaises. Au mur des gravures illustrées tirées du *Petit Journal* et sans doute fixées par celles qui m'avaient précédée pour égayer cette triste chambre. La vue donnait sur une cour et je voyais au loin les cheminées des usines Michelin crachant dans l'atmosphère des torrents de fumée. Cette chambre était exposée au nord si bien que je ne voyais jamais le soleil. Je commençais à regretter ma chambre du Mas bien exposée au midi et inondée de soleil. Vains regrets.

Après avoir rangé mes affaires et fait mon lit, je descendis au rez-de-chaussée. Madame me tendit un tablier blanc et un bandeau pour tenir mes cheveux puis me montra un tas de linge à repasser.

Vers le soir arriva le capitaine. C'était un gros homme, cheveux en brosse, le teint coloré, épaisse moustache sur la lèvre, une encolure de taureau, une grosse voix.

« Ah ! c'est vous la nouvelle bonne ? J'espère que vous nous donnerez satisfaction ! » Puis s'adressant à sa femme : « Elle est partie l'autre, Caroline ? Ah ! celle-là ! Bon vent ! Bon débarras ! »

Le couple avait deux enfants, une petite fille de huit ans, Monette, et un garçon de dix ans, Mario.

« Aimez-vous les enfants ? me dit Madame, vous aurez à vous en occuper. Mais défense de leur parler en dehors du service ! Compris ?

– J'ai aidé ma mère à élever mon jeune frère et ma sœur : je crois avoir assez d'expérience pour m'occuper d'enfants.

– On verra, dit Madame sèchement. Maintenant, je vais vous montrer notre chambre : vous aurez à y faire le ménage et le lit chaque matin. »

La chambre de mes patrons avait une large baie qui donnait sur la rue. Les murs étaient tapissés de papier rose : il y avait un grand lit jumeau, un couvre-lit en dentelle, comme ameublement une grande armoire à glace, une table recouverte d'un tapis, des fauteuils, des poufs et une très belle lampe de chevet avec un abat-jour vert. Au mur, des gravures, des photographies, un crucifix d'ébène en tête du lit et une sorte d'icône représentant un soldat blessé se traînant devant un calvaire.

Ordinairement, c'est Madame qui faisait la cuisine : moi j'épluchais les légumes et je servais mes maîtres à l'heure des repas.

Quant à moi, je mangeais seule sur un coin de table dans la cuisine. La nourriture était excellente ! Madame se prévalait d'être un cordon bleu et elle l'était. J'avais le même menu que mes maîtres sauf que je n'avais pas de dessert. Ça m'était bien égal ! Quel contraste avec la misérable alimentation du Mas ! Au lieu de l'éternelle soupe de lard, j'avais des escalopes, des biftecks, des côtelettes et des légumes frais. Naturellement, je n'avais pas droit au café mais à un dé de vin que je noyais dans l'eau.

J'avais constaté que les enfants n'avaient pas droit à la parole à table et pendant que Monsieur et Madame sirotaient leur café, ils se réfugiaient au salon pour lire quelque illustré.

Monette et Mario étaient comme tous les enfants, gentils et espiègles, élevés sévèrement par un père capitaine qui commandait dans sa maison comme dans son régiment. Sa femme le craignait et les enfants filaient doux. Bien que réservés à mon égard, ils étaient très gentils. Chaque matin, je devais les conduire à l'école voisine et parfois ils me faisaient leurs petites confidences.

Je m'habituais rapidement à cette nouvelle vie bien que le travail fut assez dur et le soir, bien fatiguée, je prenais ma lampe pigeon et je montais dans ma chambre.

Je me levais tôt pour préparer le petit déjeuner. Madame allait faire les courses dans les boutiques voisines et je conduisais à l'école toute proche les deux enfants. Il fallait ensuite faire le ménage, les chambres, la cuisine.

On enlevait la poussière avec un plumeau, ce n'était pas très efficace : la poussière voltigeait dans l'atmosphère et retombait peu à peu sur les meubles. Il est vrai qu'un coup de chiffon remédiait à cet inconvénient.

Le dimanche, j'allais à la messe de six heures à l'église des Minimes. L'après-midi, j'avais deux heures pour me promener, visiter la ville, la cathédrale, la basilique de Notre-Dame-du-Port, le jardin des plantes.

Je faisais de mon mieux pour donner satisfaction à mes maîtres, mais le capitaine était exigeant : souvent il pestait contre un service qu'il jugeait mal fait. Il est vrai qu'il avait un fichu caractère. Un jour, il vit défiler sous ses fenêtres un bataillon qui traversait la ville. Les troufions marchaient au pas cadencé mais certains dans les derniers rangs, loin des yeux de l'adjudant qui les commandait, en prenaient un peu à leur aise. Le capitaine poussa un beuglement : « Ouh ! Si j'étais derrière, je leur apprendrais à marcher droit à ces croquants ! Ils auront de mes nouvelles. »

Un jour, j'étais en train de faire la chambre, je vis surgir le capitaine comme un furieux. Il m'apostropha bruyamment :

« C'est comme ça que vous faites les lits ? Je vais vous apprendre moi ! »

D'un geste brutal, il arrache draps et couvertures et les jette au fond de la chambre.

« Mais qu'est-ce qu'on vous a appris tonnerre de D… Sachez et mettez bien ça dans votre ciboule que chez les militaires, on fait les lits carrés ! Vous entendez bien, carrés ! »

Sous le choc j'étais anéantie : je n'avais jamais subi pareille violence. Je m'effondrais sur une chaise en pleurant.

Le capitaine ramassa les couvertures et fit le lit à sa façon, c'est-à-dire carré !

« Pas la peine de pleurer comme une Madeleine ! C'est pourtant simple ! Désormais vous ferez le lit carré ! Il faut relever les couvertures ! »

Lorsque je descendis à la cuisine, Madame vit que j'avais pleuré. Je lui racontais la scène que m'avait faite Monsieur parce que je n'avais pas fait le lit carré.

« Oh ! Ne faites pas attention aux foucades de mon mari ! Il est soupe au lait, mais vous savez ce ne sont pas les chiens qui aboient le plus fort qui sont les plus méchants ! Séchez vos larmes et pensez à autre chose. »

J'avais été traumatisée à un point que je passais mes nuits à pleurer : je décidais de quitter au plus tôt ce lieu inhospitalier.

Quelques jours plus tard, je dis à Madame : « Je ne peux plus rester ici ! Je vous donne ma huitaine.

– Mais, qu'est-ce qui vous prend ? Vous venez à peine d'arriver et vous voulez déjà partir ? C'est parce que mon mari vous a fâché ? La belle affaire ! Si vous saviez tout ce que j'ai supporté ! S'il n'y avait pas les enfants, il y a longtemps que je l'aurais plaqué !

– Mais Madame, j'ai reçu une lettre : ma mère est très malade, je dois rentrer à la maison.

– Tout cela est cousu de fil blanc ! Votre mère n'est pas malade : je ne le crois pas. Croyez-vous que vous serez mieux chez les autres ? Il y a un diable partout. Si mon mari gueule après vous, laissez-le gueuler ! Il ne fait que ça au 92, après ses soldats. Je vous demande de rester : vous êtes une fille honnête et consciencieuse.

– Non ! Je veux pas rester : ma mère est malade et…

– Je ne puis vous retenir de force, vous le regretterez. »

Je maintins ma détermination et, au jour dit, un voiturier se présenta devant la maison pour prendre mes bagages et me conduire au bureau de placement.

Avant de partir, Madame me tendit une enveloppe : « Voici vos gages ! » Et lorsque je franchis le seuil, elle me jeta dans les jambes le paquet de dentelles que je lui avais offert : « Tenez, remportez ça ». Je l'entendis gourmander son mari : « Avec ton sale caractère, on ne tiendra jamais de bonnes. »

À peine dans la rue, j'éprouvais un grand soulagement : j'avais l'impression de sortir de la gueule du lion. Dans ma naïveté paysanne, je m'imaginais que « tout le monde était gentil, tout le monde était aimable ». J'avais courbé le dos sous la violence des mots d'un soudard ! Mon père, pourtant coléreux, ne s'était jamais emporté de cette façon sinon après ses bêtes. Si j'avais eu quelques illusions, elles furent rapidement dissipées.

Je passais deux ou trois jours chez des amis, rue Dulaure, le temps de reprendre mes esprits, et de chercher une autre place.

Je revins donc au bureau de placement. L'une des employées me dit avec un petit sourire malicieux : « Tiens ! Vous voilà déjà de retour ? Cela ne nous étonne pas ! Vous étiez la cinquième bonne que nous leur avons envoyée depuis le début de l'année. Si vous voulez, il y aurait une place comme femme de chambre dans un hôtel à Châtel-Guyon. Est-ce que cela vous convient ?

– Oui ! Mais je ne sais pas où se trouve Châtel-Guyon.

– Oh ! C'est très simple ! Vous prenez le train jusqu'à Riom et là il y a un service de fiacre qui vous conduira à cet hôtel. Je vous préviens que ce n'est qu'un travail saisonnier. À la Toussaint, l'hôtel ferme. »

Par un beau matin, le fiacre me déposa juste devant l'hôtel Beau Site. Je me présentai à la patronne qui me reçut dans une petite pièce attenante à la réception. Cette dame, très élégante, couverte de bijoux, me parut très aimable. Elle commençait à me devisager en mettant sur son nez ce que l'on appelle, je crois, un

« face à main », sorte de lorgnon suspendu par une chaînette.

« Soyez la bienvenue dans notre hôtel ! Châtel-Guyon est une station thermale et pendant la saison, nous recevons beaucoup de clients. Vous ferez les chambres du troisième étage. Il y a un va-et-vient incessant. Il faut faire les lits, changer les draps, les serviettes de toilette et naturellement faire le ménage. Porter le linge sale à la buanderie. Je vais demander à Martine de vous mettre au courant. Vous aurez aussi à aider les cuisinières à faire la plonge.

En plus de votre salaire, vous aurez les pourboires de quelques clients. Nous avons parfois des étrangers. Je vous recommande d'être aimable et serviable à l'égard de tous. Il y va de la bonne renommée de notre établissement.

Je ne puis vous donner une chambre individuelle. Vous logerez avec l'une de vos collègues. Et maintenant allez-vous installer chambre n° 12 au quatrième étage. Voici la clef : prenez l'escalier de service, à gauche au fond du couloir. Je vais appeler Martine qui va vous aider à vous installer. »

Martine était une grosse fille très brune et très jeune. Comme moi, elle était originaire de la campagne. D'une main preste, elle empoigna mes bagages et nous gravîmes rapidement les quatre étages par l'escalier de service.

La chambre était sous les combles, tapissée d'un papier jaune. Une petite fenêtre laissait pénétrer une lumière plutôt avare. Dans un angle, une grande armoire penderie, deux lits superposés, une petite table, deux chaises et une table de toilette avec cuvette, broc et seau, sur une soucoupe fleurie une grosse savonnette rose.

Après avoir rangé les affaires, Martine me dit : « Causons un peu ! Faisons connaissance. »

Je lui fis part de ma mésaventure chez le Capitaine et je pensais qu'ici je serais mieux traitée.

« Ici, me dit Martine, pourvu qu'on fasse son boulot correctement, on n'est pas embêté. Monsieur ne s'occupe pas du personnel et Madame est très avenante comme vous avez pu le constater. J'espère que nous deux, nous ferons bon ménage. Je suis comme vous fille de paysans du côté de Combronde. Mon père me battait et à la première occasion j'ai quitté le domicile paternel. »

Au troisième étage, il y avait douze chambres, six de chaque côté. Chaque jour, il fallait faire les lits, aérer, balayer sous les lits, changer les draps et les serviettes chaque fois qu'un client s'en allait, battre les couvertures et remplir d'eau brocs et seaux : un travail de routine en somme qui m'occupait une partie de la journée. Comme l'ensemble du personnel, je prenais mon repas à onze heures afin d'être disponible à partir de midi pour servir les clients.

La nourriture était correcte.

Le plus dur, c'était qu'il fallait se coucher tard. Beaucoup de curistes allaient le soir au spectacle : il y avait un casino. Il fallait attendre la rentrée du dernier client avant de pouvoir aller se coucher. Mes compagnes, Élise, Sophie et Martine étaient gentilles, mais pas très sérieuses… ni honnêtes.

Un soir, je vois arriver Martine dans la chambre avec une boîte de sucre à peine entamée. À cette époque le sucre était une denrée assez rare.

Je questionne Martine : « Mais ! Où as-tu pris ce sucre ?

– Je l'ai chipé ! La patronne l'avait oublié sur le comptoir. Comme il n'y avait personne, je l'ai pris ! Tiens ! Prends-en un morceau !

– Mais c'est du sucre volé !

– Du sucre volé ! Et tu crois que la patronne ne nous vole pas ? Si nous n'avions pas les pourboires des clients, on travaillerait pour rien dans cette boutique ! Allez ! Ne fais pas la mijaurée ! Prends du sucre. J'en offrirai à nos copines ! Elles ne feront pas tant de manières ! Ah ! Tu es bien de ton village ! »

Avec un peu de scrupules, je pris quelques morceaux de sucre que je mangeai comme une friandise : je ne voulais pas passer pour une mijaurée aux yeux de Martine.

L'hôtel possédait un vieux domestique qui était un peu le factotum de la maison. Isidore était un personnage pittoresque. Il était coiffé d'un melon à bords plats : on aurait dit une tourte posée sur une assiette, une patte de lapin sur chaque joue et sous le nez quelques poils hérissés en forme de brosse à dent. Il portait une vieille redingote, dévernie aux coudes.

Mais c'était un brave homme, serviable, dévoué et très respectueux de la gent féminine. Parfois, on le taquinait, mais il prenait très bien la plaisanterie.

La saison thermale terminée, je fus remerciée, ainsi que mes compagnons. J'emportais un pécule non négligeable, dû à mon salaire et à quelques pourboires des clients de l'hôtel.

Mais il n'était pas question que je revienne au domicile familial. Je résolus de revenir à Clermont.

J'y rencontrais une dame d'œuvres qui me dit :

« Si vous voulez, j'ai une bonne place pour vous : une personne âgée de mes connaissances cherche quelqu'un pour lui tenir compagnie et faire les menus travaux du ménage. Cette personne n'est pas très exigeante : je vous recommande à elle et vous serez bien accueillie. En attendant je vais vous trouver un petit logis. »

Le lendemain, je prenais mon service chez cette dame qui me parut accueillante et très gentille. Elle devait avoir passé la soixantaine, elle avait passé une partie de sa vie dans une maison de confection et elle s'était usé les yeux à coudre finement avec un éclairage défectueux. Elle touchait une modeste retraite mais ne pouvant se suffire à elle-même, elle avait cherché une dame de compagnie.

C'est dire que le travail était facile : faire le ménage, les courses, l'accompagner le dimanche à la messe ; la distance n'était pas grande, la rue Barnier étant à proximité de la basilique de Notre-Dame-du-Port.

Tout aurait été pour le mieux ! Mais voilà ! Il y avait un « diable » ! comme on dit chez nous. Dans cette maison il n'y avait pratiquement rien à manger !

Je n'ai jamais su si c'était par avarice ou par pauvreté, mais la vieille dame n'était pas bonne cliente ni chez le boucher ni chez l'épicier, ni même chez le boulanger.

Le matin, la laitière du coin apportait un demi-litre de lait : ma patronne en mettait les trois quarts dans son café ! La viande ? Deux fois la semaine et une petite tranche ! Il y en avait une bouchée ! Le pain ? Une demi-baguette ! Les légumes ? Quelques pommes de terre cuites à l'eau. Pas de fruits !

Bien sûr, je n'osais rien dire, mais je ne mangeais pas à ma faim ! Les voisins qui la connaissaient le savaient et parfois, ceux d'en face lorsqu'ils me rencontraient m'invitaient à entrer chez eux.

« Ah, mademoiselle, vous ne devez pas faire des repas plantureux chez notre voisine ! Asseyez-vous ! Vous allez goûter avec nous ! »

On me servait du thé et des tartines de beurre et de confiture que je dévorais comme quelqu'un qui a faim. Mais cela me faisait honte d'aller manger chez les voisins, et je résolus de partir. Chez moi on ne faisait pas la noce tous les jours, du moins on mangeait à sa faim ! Il y avait du pain. Malgré mon regret de quitter la ville je pris le chemin du retour : je retrouvais la famille, les bois, les prés, les vaches et la solitude. Mon séjour en ville dans les différentes places avait été un échec ! Je perdis toutes les illusions qui avaient été les miennes concernant la vie facile en ville.

XI

Joseph

À MON RETOUR de Clermont, j'achetai quelques pièces de tissus avec une partie de l'argent que j'avais gagné, pour faire mon trousseau.

Il me fallait des draps, des taies d'oreiller, des serviettes : bref, tout le linge nécessaire à un ménage, car je comptais bien fonder un foyer.

Il y avait déjà quelques années que j'avais coiffé sainte Catherine et les prétendants ne se bousculaient pas pour venir à la maison ! Je ne fréquentais pas les bals, j'allais rarement à la vogue du village et il n'y avait dans le hameau aucun jeune homme sur lequel je puisse jeter mon dévolu.

Tout de même, un beau jour se présenta un jeune paysan de la Borie, commune de Baffie, qui vint me faire ses avances. C'était un grand jeune homme brun, avec une fine moustache sous le nez. Il était beau garçon, mais il ne ma plaisait pas. Son grand défaut était d'habiter avec ses parents. Sa mère avait la réputation de n'être pas commode. Je ne voulais pas aller dans cette famille comme belle-fille ! Un dicton de chez nous disait avec juste raison : « Dans un foyer il ne faut pas plus de femmes que de fours ! » Je savais, par les confidences de mes cousines et de mes amies combien étaient malheureuses les brus souvent traitées pire que des chiens par beau-père ou belle-mère.

Le jeune paysan fut donc éconduit sans ménagement…

Un beau dimanche d'été, après le repas de midi, nous étions tous en train de faire la sieste sous les arbres du Cleuvet. Nous commencions à nous endormir lorsque ma jeune sœur Joséphine qui gambadait dans le pré dit qu'elle voyait deux hommes sur le chemin de Saint-Priest qui visiblement se dirigeaient dans notre direction. Bientôt, notre chienne Finette se mit à aboyer. Et voici que les deux hommes étaient déjà dans la cour. Je reconnus de suite mon cousin Baptiste, coiffeur à Marsac, suivi d'un autre homme de taille moyenne, le teint coloré, légèrement voûté.

Le Baptiste m'interpella :

« Bonjour Clémentine, je t'amène un fiancé. » Mon père fit entrer les deux hommes à la maison et peu après ma mère et moi les rejoignirent.

Quand tout le monde se fut assis autour de la grande table, le Baptiste fit les présentations : « C'est un voisin, il est vieux garçon et il cherche une femme : j'ai pensé que peut-être toi… Tu pourrais faire sa connaissance. Tu ne vas pas rester vieille fille ta vie durant ! »

Tandis que le Baptiste pérorait et vantait les qualités du personnage, je l'observais attentivement : il avait l'air gauche et timide, mais il n'était pas laid.

Mes parents le questionnèrent : il déclara se prénommer Joseph. Il était le plus jeune de quatre frères. Il n'avait que quatre ans lorsque son père mourut. Il raconta qu'il avait travaillé à Paris, à la Villette, au Quai de Bercy, à la Compagnie du P.L.M. à décharger les wagons de primeurs.

Il était revenu au pays pour se marier. Il avait acheté une maison en plein centre du bourg, à mi-chemin entre l'église et la gare.

Présentement, il était employé à la gare de Marsac comme manœuvre : son travail était de décharger les wagons de marchandises et le soir d'aller rallumer les sémaphores le long de la voie.

À temps perdu, il s'occupait des jardins de quelques familles bourgeoises. Ma mère l'interrogea :

« Est-ce que vous allez à la messe ?

– Si je vais à la messe ? Pour sûr que oui ! Si je n'y allais pas, ma mère m'y traînerait plutôt par les oreilles !

– Alors, dit mon père, vous allez à la messe pour faire plaisir à votre mère ?

– Je vais à la messe par conviction ! J'ai été élevé chez les frères : chez nous, on fait la prière chaque jour, le matin, à genoux sur les marches de l'escalier. Mon frère aîné, Louis, fait partie de la congrégation des Pénitents Blancs.

– Alors Clémentine tu te décides ? dit le Baptiste. Il faut donner une réponse ! Nous ne voulons pas rentrer bredouilles !

– On ne peut pas conclure une affaire de cette importance sans réfléchir : maintenant que ce monsieur connaît le chemin, il pourra venir ici quand bon lui semblera ; nous aurons le temps de mieux nous connaître.

– Mais, dit mon père, si je vous donne ma fille qu'est-ce qu'elle fera toute la journée tandis que vous serez à la gare ou dans les jardins des bourgeois ?

– Je l'occuperai bien ! Étant jardinier, j'ai l'intention de tenir un petit commerce de graines potagères.

– Tenir un commerce ! Moi ça me plairait ! J'aime voir du monde, c'est bien plus agréable que d'aller trimer dans les champs, derrière les vaches ! »

On offrit aux visiteurs une liqueur de notre fabrication : de l'eau-de-vie macérée avec des myrtilles. Puis le Baptiste et son compagnon prirent le chemin du retour.

Quand ils furent partis, on me demanda mes impressions. Elles étaient mitigées. Je n'avais pas reçu le coup de foudre ! Cependant, j'étais alléchée par la perspective de tenir un commerce : de plus, j'appréciais que cet homme vive seul. Je n'aurais ni beau-père ni belle-mère à supporter. Enfin ce Joseph avait une maison dans le bourg ! J'en avais assez de vivre au milieu des bois.

Il plaisait à ma mère parce qu'il allait à la messe, ce qui était pour elle une bonne référence.

Mon père disait : « Il n'est pas mal ! Il a l'air sérieux et travailleur. Si tu fais la fine bouche, tu risques de rester vieille fille et d'aller pendant toute ta vie garder les vaches au Grand Pré. Mais, fais comme tu voudras ! Après tout, tu es majeure. »

Tous les dimanches après-midi, le Joseph venait me relancer. On allait se promener du côté de la Garnasse. J'étais toujours hésitante, mais peu à peu, je sentis en moi un sentiment qui n'était pas un amour brûlant, mais une sympathie raisonnable. Une occasion se présenta pour le mettre à l'épreuve.

Un jour, ma mère me dit : « Mardi, c'est jour de marché à Viverols. Tu iras à la Caisse d'Épargne chercher cent francs dont nous avons besoin ton père et moi. Si, comme nous l'espérons tu épouses ce Joseph, nous aurons besoin d'habits convenables pour assister à tes noces. »

Je me présente donc à la Caisse d'Épargne où de graves messieurs derrière leur guichet, le porte-plume à la main, établissaient des comptes. Je retire les cent francs : cinq louis d'or de vingt francs, brillants comme des soleils ! Je n'avais ni porte-monnaie, ni bourse, ni sac à main mais une aumônière de tulle suspendue à ma ceinture comme c'était la mode à cette époque. Puis la bouche en cœur, sans prendre garde à la mortelle imprudence que je commettais, j'allais faire le tour des bazars. À travers le tissu, les louis d'or se voyaient et les coupeurs de bourse eurent tôt fait de me délester de mon trésor sans que je m'en aperçoive : un petit coup de ciseau ! Et crac ! L'affaire était faite !

C'est sur le chemin du retour que je m'aperçus de ma mésaventure : j'étais mortellement inquiète et je me demandais avec angoisse comment je serais accueillie à la maison en avouant le vol ! Je priai tous les saints du ciel de m'aider. Fort heureusement, sous le chemin du Thrive, je rencontrais mon cousin Emile en train de fossoyer dans un champ. Je l'informais du malheur qui m'était arrivé et je le suppliais de prêter s'il le pouvait les cent francs que je devais remettre à ma mère. Emile qui m'aimait bien, consentit à me prêter cette somme avec la promesse de lui rendre l'argent sans trop tarder, ce que je fis. Il alla quérir l'argent et je rentrais à la maison comme si rien ne s'était passé, mais j'étais très angoissée, me demandant comment j'allais rendre la somme prêtée.

Le dimanche suivant, lorsque Joseph revint, je lui contais ce qui m'était arrivé : le vol dont j'avais été victime à cause de mon imprudence. Avec mille circonlocutions, je demandais à Joseph s'il aurait la bonté de m'avancer les cent francs que je devais à Émile. Joseph me répondit sans hésitation qu'il apporterait les cent francs lors de la prochaine rencontre, ce qui fut fait et ainsi je remboursais mon cousin Émile.

Je fus très touchée de voir que Joseph que je connaissais à peine n'avait pas hésité à payer ma dette : cette action généreuse fit se lever toutes les restrictions que j'avais à son encontre et lorsqu'à brûle-pourpoint, il me posa la question : « Clémentine, voulez-vous être ma femme ? » Sans hésiter, je répondis : « Oui ! » Bien involontairement, je l'avais mis à l'épreuve !

Revenue à la maison, mon père me demanda :

« Alors, tu t'es quand même décidée ?

– Heu ! Oui ! Ce Joseph a l'air d'un bien brave homme, honnête, sérieux et je crois qu'avec lui je ferais bon ménage.

– Il a dit qu'il avait acheté une maison : tu devrais aller la voir. »

Quelques jours plus tard, je priais ma cousine Angèle de m'accompagner à Marsac. De bon matin nous prîmes le chemin à pied, pour être assez tôt à la messe de huit heures dans cette paroisse : c'était un dimanche.

Après la messe, Joseph nous attendait sur la place de l'église et nous fit les honneurs de sa maison. C'était une vieille bâtisse en pisé mais bien orientée, de telle sorte que le soleil donnait sur la cuisine le matin et sur les chambres le soir.

Il y avait une cuisine assez grande, à côté une petite pièce appelée « gabinet », un vaisselier, de grands couloirs et sous la cuisine, une cave.

Dans la cuisine, le sol était en terre battue. Elle comportait deux placards, un poêle à trois ronds, deux chaises et une petite table. Les poutres apparentes du plafond étaient noires de suie.

À l'étage, il y avait deux chambres : l'une côté rue, l'autre côté jardin. Dans l'une se trouvaient un lit de fer et une petite armoire aux serrures grinçantes. C'était plutôt pauvre comme ameublement.

Derrière la maison côté ouest, je découvris un jardinet plein de légumes variés : Joseph était un jardinier émérite. Le bâtiment comportait une grange et une étable, au mur une vigne qui chaque année donnait quelques paniers de raisins.

« Venez voir mon jardin », dit Joseph, après que nous eûmes fait le tour de la maison.

Que voyons-nous ? Un jardinet enclos de quatre murs pleins de légumes variés : Joseph était un très bon jardinier.

Chez nous dans les jardins, il n'y avait que des salades et des choux et quelques haricots.

Sur le bord de l'allée, je vis des plantes soutenues par des piquets :

« Qu'est-ce, demandai-je à Joseph, que ces gros fruits rouges qui pendent sous les feuilles ?

– Ça ! Ce sont des tomates.

– Des tomates ? Est-ce que ça se mange ?

– Bien sûr ! C'est même très bon en salade ! On en fait des sauces pour accommoder la viande. Je vous en donnerai quelques-unes. »

Joseph cueillit une demi-douzaine de ces fruits et les mit dans un sac.

Cependant, au Mas, personne ne savait comment les accommoder ! On les jeta finalement à la décharge !

De retour à la maison, je fis part de mes impressions aux parents. La maison était convenable mais pratiquement vide de meubles.

« Dans ce cas, dit mon père, tu sais ce qu'il te reste à faire ! Tu iras à Saint-Priest voir le Jean-Pierre qui est menuisier et tu lui commanderas ta chambre : lit, armoire, table de nuit, table de toilette et quatre chaises. Avec l'argent que tu as gagné à Clermont et ailleurs tu peux te payer ça ! Et s'il le faut, nous t'aiderons. »

Sitôt dit, sitôt fait. Le Jean-Pierre se mit de suite au travail et dans du bon bois de chêne bien sec, il me fit rapidement les meubles demandés.

Les allées et venues de Joseph, mon futur époux, ne passèrent pas inaperçues dans le village : une fille qui se marie, c'est un événement dans un petit hameau et les commentaires allèrent bon train.

« *Sabé pas ! La Clémentine de tse lou Dzouan se marido !*

– Oui, elle épouse un homme de Marsac : un Ventre Jaune ! Ah ! C'est un beau pays ! Il y a des châteaux, des couvents, de gros propriétaires, mais l'air n'y est pas sain. L'hiver, un épais brouillard stationne le long de la Dore et les étés y sont étouffants ! Les gens sont mal logés. Pas de belles maisons en pierre de taille comme chez nous, mais des maisons en terre, en pisé. Il n'y a pas de carrières dans la région : des cuisines au sol de terre battue, des intérieurs crasseux. Cette pauvre Clémentine regrettera sûrement le pays. »

Lorsque Joseph revint me voir, je lui fis part de ces réflexions désobligeantes. Il se mit à rire et dit simplement que les gens d'une commune à l'autre aimaient bien se moquer de leurs voisins.

« C'est vrai qu'ici on appelle les Marsacois les Ventres Jaunes mais on vous rend bien la monnaie de votre pièce en vous traitant de grosses têtes !

« La grossa teta de ve Saindzu
Après la soupo ya repus
Ya ma de Gargaru !
(Chez les grosses têtes de Saint-Just
Après la soupe ? Il n'y a rien plus !
N'y a que du gargaru !) »
Le gargaru est une sorte de ragoût fait avec les bas morceaux de viande de boucherie.

Ces amabilités étaient de bon aloi : cela n'empêchait nullement les filles de Saint-Just d'épouser des Marsacois et les Marsacois de prendre femme chez les filles de Saint-Just ! L'amour n'entre pas dans des considérations aussi vulgaires !

Joseph Chantelauze était né à Marsac le 16 octobre 1877, de Georges et de Jeanne-Marie Maltrait de la Vaisse. Il était le cadet de six enfants dont deux moururent en bas âge. Il lui restait trois frères ; l'aîné Louis, le Marius et le Marc.

De ses parents je sais fort peu de choses : son père mourut à l'âge de 44 ans d'une maladie pulmonaire ; sa mère était une petite femme, énergique et travailleuse et d'une rare piété. Ceux qui l'ont connue rapportent l'avoir vue prier à l'église avec ferveur, à genoux, sur les dalles du sanctuaire.

Cette piété, elle la communiqua à ses fils qui vécurent tous en bons chrétiens.

Après la mort de son mari, la pauvre femme eut beaucoup de peine pour élever quatre garçons : l'aîné Louis qui n'avait que 11 ans à la mort du père prit courageusement la direction de la maison, pour aider la pauvre Jeanne-Marie à élever ses frères.

À cette époque, beaucoup de petits paysans ne fréquentaient pas l'école et il y avait beaucoup d'illettrés. Mais les enfants Chantelauze furent mis à l'école des frères de la Toussaint à Pâques, si bien que Joseph apprit la lecture, l'écriture, un peu d'orthographe et de calcul. Le catéchisme allait de pair avec l'instruction et l'enfant avait si bien appris ses leçons que soixante ans plus tard, il était capable de réciter par cœur certains chapitres.

L'éducation chrétienne de la mère, des Frères et des prêtres marqua Joseph d'un sceau indélébile : durant toute sa vie il fut un homme pieux, voire même mystique, une âme contemplative.

Par contre, l'éducation humaine était quelque peu négligée ! Le comportement des garçons était parfois sauvage. Pour les repas, la bonne Jeanne-Marie cuisinait des fricassées de pommes de terre dans une grande poêle. Lorsque tout était cuit, elle posait la poêle sur le sol de terre battue et les drôles, assis sur un morceau de bois, picoraient à qui mieux mieux le festin, de ce fait il n'y avait pas de vaisselle à faire pour les assiettes et autres ustensiles !

Il arrivait parfois que des visiteurs entrent inopinément dans la maison car à cette époque, il n'y avait pas de sonnette et les gens entraient sans frapper. Dans ce cas, nos quatre gaillards s'évanouissaient dans l'escalier ou les couloirs, tant ils avaient honte, et la pauvre femme se retrouvait seule avec une poêle pleine de nourriture et quatre morceaux de bois autour : « Mais, où sont-ils passés ces galapians ? »

Les visiteurs ne se formalisaient pas de ces mœurs un peu frustres, et sitôt leur départ, les quatre garçons venaient terminer leur repas.

Les années passèrent, Marius se maria avec une fille de Riols, Antoinette Peauroux, il alla habiter le « Petit Moulin ». Puis ce fut Louis qui fonda un foyer, en épousant une fille de la Fraitisse, Philomène Maltrait, enfin le Marc fit une escapade à Paris, contre le gré de sa mère et Joseph loua ses bras comme homme de peine pour le jardinage dont il était un spécialiste. Il s'occupa des jardins des dames Granet qui avaient leur maison à l'emplacement de la mairie actuelle. Il travaillait aussi chez Lemoine, notaire, chez ses cousines Boffocher, chez les sœurs dominicaines et même chez les sœurs de l'École libre. Il gagnait ainsi quelques sous, mais ce travail irrégulier ne lui convenait pas ! Finalement, il trouva un emploi stable à la gare de Marsac. Le chef de gare, monsieur Ollier, l'employa comme manutentionnaire pour charger et décharger les wagons de marchandise et aussi comme lampiste. Chaque matin et chaque soir il allait allumer ou éteindre les sémaphores en bord de voie, tant du coté d'Arlanc que du coté d'Ambert.

Son frère Marc qui revenait de temps en temps au pays, lui faisait de mirifiques descriptions de la vie dans la capitale, si bien qu'il fut séduit et partit pour Paris où il fut embauché à la gare de Lyon, pour décharger au petit matin les wagons de primeurs destinés aux halles de la Villette.

Il travaillait surtout la nuit. Il logeait dans une chambre, boulevard Richard-Lenoir, il dormait jusqu'à midi, puis il allait manger dans un petit restaurant situé tout près de son domicile. Le menu était correct et d'un prix modéré, cependant la patronne crut bon un jour de se ficher de lui ! Elle lui servit comme repas une tête de lapin arrosée d'un peu de sauce ! Il n'y avait rien à manger ! Blême de colère, Joseph jeta sous la table la tête de lapin et s'en fut, après avoir réglé la note, prendre son repas dans un autre restaurant.

Parfois, il prenait ses repas à la cantine du P.L.M., gare de Lyon, où, pour un sou, on vous servait un œuf sur le plat. À cette époque, les œufs se vendaient douze sous la douzaine.

Joseph se plaisait bien dans ce Paris de la Belle Époque. L'après-midi, il prenait le tramway

Madeleine-Bastille, tracté alors par des chevaux et, juché sur l'impériale, il voyait défiler ce Paris animé avec ses fiacres, ses terrasses de café où les flâneurs buvaient des bocks de bière. Il allait aussi souvent prier dans les églises, demander à Dieu la grâce s'il se mariait, d'avoir un fils prêtre. Il visitait aussi les musées, s'intéressant aux sculptures antiques de la Grèce ou de Rome. Coiffé d'un chapeau melon et une canne à pommeau d'argent à la main, il se promenait sur les quais de la Seine, au jardin des Plantes ou sur les grands boulevards.

Fatigué d'être célibataire, ayant gagné un peu d'argent, il quitta Paris pour revenir au pays natal et y fonder un foyer.

Cependant, avant de revenir à Marsac, il avait fait une demande pour entrer comme agent à la compagnie du P.L.M., mais n'ayant pas fait de service militaire, sa demande ne fut pas acceptée.

Joseph quitta Paris avec un brin de nostalgie. Il regagna la maison paternelle provisoirement, en attendant de trouver un logis. Il fut accueilli par sa mère, son frère Louis, sa femme Philomène et leurs deux enfants : Jeanne et Marius. La cohabitation s'avéra difficile.

Joseph comprit qu'il ne pourrait pas rester longtemps. Il chercha une maison ; il fit l'achat d'une bicoque près de La Gravière, une maisonnette de peu d'aisance qu'il revendit presque aussitôt. Ayant travaillé au jardinage chez maître Lemoine, ce dernier lui proposa une maison en vente, appartenant à Jeanne-Marie Bravard, veuve de Jean Vernet.

Cette maison, bien située dans le bourg, avec grange, écurie et petit jardin, était en assez bon état. Comme il n'y avait pas de fontaine près de la maison, Joseph creusa un puits dans le jardin et fit installer une pompe aspirante.

La maison fut payée comptant à Mme Vernet pour la somme de deux mille francs.

Sur ces entrefaites, la pauvre Jeanne-Marie Maltrait mourut, entourée de ses fils, sauf du Marc resté à Paris. Joseph reçut en héritage quelques meubles, une petite armoire en chêne, un lit de fer et une table de cuisine en bois de cerisier. Il eut aussi quelques parcelles de terrain, prés, champs, bois disséminés dont la surface totale n'excédait pas deux hectares.

Joseph, maintenant qu'il avait une maison, aurait bien voulu se marier mais de caractère timide et réservé, il n'osait pas faire de propositions aux jeunes filles. Une tentative auprès d'une fille de Lachaux s'avéra infructueuse.

C'est ainsi qu'avec son ami Baptiste, il était venu à Saint-Just pour chercher une fiancée et m'avait rencontrée.

XII

En ménage

LORSQUE NOUS CONVÎNMES DE NOUS MARIER, nous n'étions plus très jeunes ; Joseph avait trente-quatre ans et moi vingt-huit. Aussi, le temps des fiançailles fut plutôt réduit. Notre mariage fut fixé à la mi-novembre.

Apprenant cela, de bonnes âmes vinrent faire les oiseaux de mauvaise augure.

« Vous vous mariez en novembre ? Vous n'y pensez pas, c'est le mois des morts ! Ça vous portera malheur !

– Mais ! Nous ne sommes pas superstitieux ! Aucune loi n'interdit de se marier en novembre ! L'Église interdit seulement de célébrer les noces pendant le carême ! »

Comme c'était l'usage, il fallut avant le mariage établir un contrat par devant notaire.

Le notaire, maître Lemoine était un ami de Joseph. Dans ce contrat, il fut stipulé que j'apporterai mon trousseau, composé de vêtements, linge, dorure, divers objets de literie, le tout estimé à six cents francs, plus une somme de cents francs en espèce. De plus, mon père devait payer pour moi la somme de mille francs : cinq cent francs le jour du mariage, cinq cents francs l'année qui suivrait la célébration.

La coutume voulait que la cérémonie du mariage soit célébrée dans la paroisse de la fiancée ; pour des raisons pratiques, il fut décidé que le mariage serait célébré à Marsac.

Dans ce bourg, j'avais un cousin qui tenait l'Hôtel des Voyageurs, près de la gare. Sa femme, Félicie, était un cordon bleu de première catégorie.

Joseph fit les démarches auprès du maire et de monsieur le curé, pour les publications et la messe de mariage.

À cette époque, il y avait trois classes pour la cérémonie. Pour la première, le mariage se faisait dans le chœur, avec tapis, fauteuils, prie-dieu, musique. Pour la deuxième, un peu moins de décorum, mais pour la troisième, presque rien ! Devant la table de communion, deux chaises encadrées de deux petits cierges !

En ce temps, l'Église méprisait les pauvres, si bien que les sacripants, pourvu qu'ils aient de l'argent, avaient droit à tous les honneurs ! Les pauvres n'avaient droit à presque rien !

Le curé Roux qui savait que Joseph était manœuvre, ne lui demanda même pas quelle classe il choisissait pour la cérémonie.

Il fallut d'abord s'habiller. Joseph se fit faire un beau costume de drap noir par le tailleur, plus une belle paire de souliers sur mesure.

Moi, j'aurais aimé me marier en blanc, comme le faisait la plupart des femmes, mais la modicité de mes ressources ne permettait pas de faire les frais de l'achat d'une robe portée un seul jour. J'achetais donc un ensemble de couleur claire que je pus porter longtemps après mon mariage.

Vint ensuite le temps des invitations ! Il fallut parcourir les chemins à la rencontre des frères, des sœurs, des cousins.

N'ayant jamais eu de sac à main, j'en fis l'achat et je le remplis de dragées : c'était la coutume d'en offrir une poignée aux invités, femmes et enfants. Les hommes et jeunes gens avaient droit à une pincée de tabac à priser, parfumé à l'eau de Cologne. En guise de politesse, ceux-ci disaient en patois :

« *Que chadzon bien granado !*

(Que votre union soit féconde !) »

Quelques jours avant la cérémonie, mon père amena mes meubles avec son attelage. De suite, ils furent mis en place.

Vint le jour de la noce. Mon père loua une voiture pour nous descendre à Marsac. On devait se trouver à 10 h 30 à la mairie et à 11 h 00 à l'église.

En sortant de la mairie, le cortège se forma, précédé d'un violoneux. Ce fut mon père qui me conduisit à l'autel, tandis que Joseph était en queue de cortège, au bras de ma mère.

En entrant dans l'église, j'eus l'impression désagréable de la pauvreté du décorum ! Deux chaises et deux petits cierges ! Étant enfant de Marie, si je m'étais mariée à Saint-Just, j'aurais eu le privilège d'échanger les consentements dans la chapelle de la Vierge, soigneusement ornée et décorée.

Une cousine germaine de Joseph, Marie B., qui était baillesse, l'interpella :

« Pourquoi ne m'as-tu pas dit que ton épouse était enfant de Marie ? Elle aurait eu droit à ce que la cérémonie se fasse dans la chapelle de la Vierge ! »

Joseph était au-dessus de ces contingences... Il n'avait rien dit.

À la sortie de l'église, les badauds et les enfants nous attendaient. Le garçon d'honneur leur lança quelques poignées de dragées que les drôles se disputèrent comme une volée de moineaux.

Le violoneux reprit la tête du cortège et l'on se rendit à l'hôtel. Quelques cris fusèrent : « Vive la mariée ! » D'autres plus hardis entonnèrent cette rengaine :

« Clémentine ! Paye chopine !

Payes-en deux ! Ça vaudra mieux ! »

Dans la grande salle du restaurant, nous étions une soixantaine. En plus des membres de sa famille, Joseph avait invité des personnes de qualité : monsieur Lemoine, monsieur Ollier, chef de gare, son épouse et ses deux enfants, Georges et Odette, Marie et Victorine Boffocher, ses cousines, dont le père était ingénieur.

Le repas fut très gai, d'autant plus que la Félicie avait concocté un menu de grande classe.

Vers le milieu du repas, on invita les mariés à ouvrir le bal. Moi, ayant été souvent fille d'honneur pour les nombreux mariages des cousins et des cousines, je savais danser la valse, la polka, le quadrille.

Joseph, lui, n'avait jamais dansé de sa vie, il refusa obstinément de venir danser. Ma mère le supplia :

« Allons Joseph, venez faire une petite danse avec moi.

– Mais je ne sais pas danser, je ne sais pas mettre un pied l'un devant l'autre.

– Ce n'est pas difficile ! Allez, venez, je vous apprendrai.

– Non ! Non ! Inutile d'insister, je vous marcherais sur les pieds. »

Il y eut ensuite des chansons, des monologues et ma petite sœur Joséphine qui avait une belle voix fut invitée à en pousser une.

On la jucha sur une chaise et de sa voix fluette, elle entonna une chanson qui était vraiment de circonstance et dédiée à Joseph le « *Daru* ! » (têtu).

« En paradis c'était la fête,
Tous les saints voulaient y danser
Saint Joseph dit : "Je ne suis pas si bête
J'ai bien d'autres choses à penser
Bon pour Catherine et pour Nicolas
Je ne danserai pas car je suis trop las."

On s'adresse alors à Cécile
Qui dans un coin ronge son chagrin
"Allons Cécile, la plus gentille
Faites-le danser : mettez tout en train."
"Bon pour Catherine et pour Nicolas
Je ne danserai pas car je suis trop las."

Éloi le marteau sur l'épaule
Bousculant les saints devant lui
Comment est-il bâti ce drôle
Qui fait la loi dans le paradis

"Si je fais la loi, ça ne te regarde pas
Je ne danserai pas, car je suis trop las". »

Des tonnerres d'applaudissements saluèrent cette chanson qu'on aurait dit faite exprès pour Joseph, lequel, rouge de confusion, se faisait tout petit dans son coin.

Le repas se prolongea tard dans la nuit, si bien que certains dormaient sur la table.

Après que la musique se fut tue, les lampions éteints, les invités partis, Joseph et moi nous nous retrouvions seuls dans notre petite maison.

J'étais toute éberluée de retrouver mon rôle d'épouse ; une nouvelle vie commençait pour moi.

J'avais ouï dire que les premiers jours après leur union, les époux vivaient la lune de miel ! Je n'ai jamais bien su ce que ça voulait dire.

Joseph était affectueux, il aimait beaucoup sa mère et ses frères, mais c'était un homme pudique et réservé, peu expansif sur le plan sentimental.

Au début, j'en souffrais, car j'étais dévorée d'affection.

Quand j'avais été placée chez les bourgeois, on entendait que « chéri par-ci, chéri par-là » et des termes ridicules : « mon gros minet, mon chouchou… » Rien de tout cela chez nous. On s'interpellait par nos prénoms : Joseph, Clémentine, et c'était aussi bien.

Le jour de la fête patronale, il y eut le soir à la Gravière un feu d'artifice. Je n'en avais jamais vu ! Je priais Joseph de m'y conduire, ce qu'il fit volontiers. Je le pris par le bras, il me repoussa :

« Pas de ça, dit-il, on se moquerait de nous ! »

Je m'habituais rapidement dans ce bourg de Marsac alors si animé. Étant près de la gare, on entendait siffler le train plusieurs fois par jour.

L'horloge de l'église sonnait les heures et les demies, les métiers bourdonnaient, menuisiers, carrons, forgerons, et combien d'autres.

Sur la Nationale qui passait derrière la maison, le bruit des carrioles, de quelques autos et motos pétaradantes. Quel contraste avec le Mas où l'on n'entendait que le bruit du vent et le cri des animaux. J'étais dans un autre monde.

Je fis rapidement la connaissance des voisins, la vieille Rose, une femme seule, la Jeanne Barbien, une vieille fille sourde comme une souche qui venait plusieurs fois par jour demander :

« Quel jour sommes-nous aujourd'hui ?

– On est mardi, Jeanne. »

À peine rentrée chez elle, elle avait oublié et revenait demander : « Quel jour sommes-nous ? » Elle avait perdu la notion du temps.

À Marsac, je découvrais le fougat. C'était la coutume, chaque année, le dimanche avant le Mardi gras, chaque quartier du bourg, chaque hameau de la commune, faisait son fougat.

Qu'est-ce que le fougat ? Un simple feu de joie.

Les organisateurs passaient dans chaque maison pour faire la collecte de quelques fagots de branches, des bûches et autres combustibles.

Au milieu de la placette, devant la maison, on construisait le fougat, fagots et bûches entassés autour d'un cercle et orné de guirlandes en papier.

Pour mettre le feu au fougat, quand il y avait de jeunes époux dans le quartier, il leur revenait le droit de le faire.

C'est ainsi qu'un jour l'un de nos voisins vint nous informer que ce serait nous qui « aurions l'honneur » d'allumer ce feu de joie.

Bien volontiers, nous avons accepté de le faire, en contrepartie, nous devions offrir à boire à tout le monde.

Il faisait nuit noire lorsque nous nous sommes tous retrouvés sur la placette. Tout le monde était là : jeunes et vieux, sauf la vieille Rose, malade et infirme et la Jeanne Barbien qui n'aimait pas participer à ces mondanités.

Joseph fit craquer une allumette et bientôt le fougat fut embrasé. Aussitôt s'organisa une ronde autour du feu. Chacun se prit la main et se mit à tournoyer autour du feu qui lançait en l'air des gerbes d'étincelles.

Les jeunes filles entonnèrent un chant :

« Sur le pont d'Avignon
L'on y danse, l'on y danse
Sur le pont d'Avignon
L'on y danse tous en rond. »

Puis les plus hardis s'élancèrent, pour sauter par-dessus le fougat au risque de se brûler.

Lorsque tout le bois fut consumé, lorsqu'il ne resta plus que quelques braises rougies, tous les assistants furent invités à la maison. Dans une grande bassine, je fis chauffer du vin chaud, mélange de vin et d'eau fortement sucré : chacun prit un verre, une tasse, un petit bol, que je remplis avec une louche et ces messieurs-dames burent à petites gorgées ce précieux liquide dans lequel ils trempèrent de petits biscuits « LU » que j'avais mis sur la table.

Chacun regagna son logis à une heure fort avancée.

Du fougat, il ne restait plus qu'un petit tas de cendres que Joseph, au petit matin, s'empressa de recueillir pour son jardin. Il paraît que les cendres de bois sont un bon engrais.

Personnage de la commune, la comtesse ne l'était pas plus que moi. C'était un surnom que lui avaient donné les Marsacois. C'était un personnage haut en couleurs, une maîtresse femme, originale et autoritaire.

Une mantille de dentelle noire sur ses cheveux argentés, le visage sévère, des yeux mobiles et inquisiteurs, le cou enserré d'un ruban de velours noir avec un gros médaillon. Toujours vêtue d'une robe de couleur violette comme les soutanes des évêques, le verbe haut ; telle était la comtesse.

Elle gérait une buvette avec un billard – le dimanche, les hommes venaient faire une partie –, une boutique d'alimentation et une autre de quincaillerie.

Au premier étage de sa maison, avait été aménagé un musée. La pièce était remplie d'armes anciennes : des tromblons, des espingoles, des fusils à pierre et tout un attirail guerrier, des armures, des boucliers et en plus, des poteries anciennes. La visite du musée était gratuite mais strictement réservée aux gros clients, ceux qui consommaient beaucoup de liqueurs chères !

Dans sa buvette, elle faisait régner l'ordre. Si un client un peu éméché se permettait quelques plaisanteries grivoises, elle prenait le bonhomme par les épaules et le poussait dehors sans ménagement.

Bien qu'elle ait refusé plus tard de me céder quelques morceaux de sucre pour mon petit malade, la comtesse n'était pas sans humanité.

Il y avait dans le quartier un tailleur qui vivait dans une misère noire faute de clients. Il avait trois enfants à nourrir, deux filles et un garçon handicapé mental. Par pitié, la comtesse prit l'aîné des filles, Fifine, et en fit sa petite bonne. Elle la faisait marcher au doigt et à l'œil. Mais la gamine ne manquait de rien ! Elle était sortie de la misère.

Un jour, ma mère vint me voir. Les doigts de sa main étaient déformés par les rhumatismes. Celui qui portait son alliance était gonflé et elle souffrait terriblement de ne pouvoir la faire sortir. Je la conduisis chez la comtesse : avec des pinces coupantes, elle sectionna l'anneau et ma mère fut délivrée de ce petit carcan.

La comtesse était une femme originale. N'ayant pas de famille, elle légua tous ses biens à la commune. Pour ses obsèques, elle donna une forte somme à la « Lyre livradoise » d'Ambert, et les soixante musiciens de cette société accompagnèrent sa dépouille en jouant *La Marche funèbre* de Chopin, comme elle l'avait demandé.

Après sa mort, sa maison fut démolie. Quant au musée, il est dans des caisses remisées dans les dépendances de la mairie, *ad vitam aeternam* comme a dit monsieur le curé.

Juste en face de chez nous, Pierre C. et sa femme Antoinette. Lui était charpentier menuisier, de braves gens. À côté se trouvaient des forains, les Désiré. Leur fille Marie était très gentille. Juste au-dessus, les dames N. Là, vivaient la grand-mère Marie, sa fille Maria, qui était repasseuse et la petite-fille, Marie-Claire dite Clairette. Enfin, un peu plus haut, un couple d'employés au chemin de fer qui avait deux filles, Blanche et Christiane.

On le voit, c'est l'élément féminin qui dominait dans le quartier. Joseph m'avait bien dit qu'il tiendrait un petit commerce de graines potagères, malheureusement il y en avait un pas très loin de chez nous.

Ayant hérité de sa mère de quelques lopins de terre, il résolut d'exploiter ces parcelles. Pour cela, il fallait un attelage. Justement, notre maison comprenait une grange et une étable.

Joseph rassembla ses économies et partit à la foire d'Ambert. Il ramena deux belles vaches au poil roux, des salers.

En passant sur le pont à Ambert, une vieille femme lui dit, montrant du doigt les bêtes :

« Celle-ci vous fera profit, par contre l'autre, je ne crois pas que vous la gardiez longtemps. »

Joseph prit à la rigolade les prédictions de cette vielle : il eut tort ! En effet, la vache qu'on appelait la Pige, se mit à uriner le sang ! Elle était malade, il nous fallut la vendre à un équarrisseur qui donna cinquante francs, alors qu'elle avait coûté cent écus ! (trois cents francs).

Il fallut en acheter une autre.

Ces bêtes nous aidaient à vivre. Les voisines venaient acheter du lait, parfois une petite motte de beurre, mais surtout ces vaches tiraient la charrette et la charrue pour les labours.

Joseph travaillait à la gare comme manœuvre, à charger ou décharger les wagons de marchandises.

Le chef de gare, monsieur Ollier, était extrêmement gentil, son épouse était couturière et j'allais souvent la voir pour me faire faire des robes, des tabliers. Ce couple avait deux beaux enfants, Georges et Odette.

Sans se faire, mon mari et moi, des « mamours » intempestifs, nous étions heureux mais, comme tout le monde, nous avions quelques difficultés. Joseph disait avec vérité, « le bon Dieu n'a pas fait de la terre un paradis », parole prophétique car de dures épreuves nous attendaient.

J'ai connu dans mon village des gens qui ne sont jamais sortis de leur trou, qui n'ont jamais été plus loin que les cantons voisins où il y avait des foires, qui n'ont jamais pris le train.

Moi, j'ai eu plus de chance ! J'étais allée étant gamine, à Saint-Étienne, Lyon, Mâcon, plus tard, Clermont-Ferrand.

Mon mari, qui avait vécu plusieurs années à Paris, me faisait souvent de mirifiques descriptions de cette ville prestigieuse, la capitale de la France.

Un jour, je lui suggérai d'aller à Paris en voyage de noces.

En cette année 1911, Joseph était employé à la gare de Marsac comme homme de peine, pour charger ou décharger les wagons de marchandises.

Il connaissait un certain Gaschon, marchand de bestiaux. Cet homme parcourait les foires de la région pour acheter des bêtes qu'il parquait dans un enclos, en attendant de les expédier par wagons à la Villette à Paris. Pour ce faire, il disposait de quelques billets de chemin de fer pour ceux qui accompagnaient le convoi. Mon mari qui rendait de grands services à ce marchand de bestiaux lui demanda un jour, s'il ne pourrait pas profiter de ces billets.

Et c'est ainsi qu'un beau jour, mon mari et moi partîmes par le train pour la capitale.

Joseph avait un frère à Paris, Marc, employé au Métropolitain. Il avait un petit appartement, boulevard Richard Lenoir. Il consentit à nous héberger pendant notre séjour. Aussi avions-nous fait ce voyage dans les meilleures conditions ; nous n'étions pas riches et nous ne pouvions assumer les frais d'un séjour à l'hôtel.

Grand fut mon émerveillement de voir la capitale avec ses splendides monuments, ses grands magasins, ses rues et ses boulevards pleins de promeneurs, ses terrasses de café très animées et ce métro aérien qui me donnait l'illusion que le train roulait sur le toit des maisons.

Plusieurs fois nous avions fait le trajet Madeleine-Bastille juchés sur l'Impériale. Quel spectacle !

Les rues étaient encombrées de fiacres, mais l'on voyait quelques automobiles, ces voitures sans chevaux dont parlait ma mère.

À midi, on prenait nos repas dans de petits restaurants et le soir, chez Marc, on se contentait d'un potage.

Mon mari me fit visiter les lieux où il avait travaillé, Quai de Bercy, et la grande gare du P.L.M., la gare de Lyon.

Le 19 septembre 1912, sous le signe de la Vierge et le jour anniversaire des apparitions de Notre-Dame-de-la-Salette, naissait notre premier enfant, un petit Louis ! Ce fut une grande joie pour toute la famille et un événement pour les gens du quartier.

À part nous, il n'y avait pas de jeunes couples et aucun garçon. Rose était une veuve âgée et la Jeanne

Barbien, une vielle fille. Le menuisier d'en face et sa femme Antoinette, n'avaient pas d'enfants. Les Désiré avaient une grande fille. Les dames Nourisson étaient veuves avec Clairette.

La naissance d'un petit garçon suscita la curiosité plutôt sympathique et tout le monde voulut voir le nouveau-né.

Ce fut donc un défilé autour du berceau en osier où dormait à poings fermés le petit poupon, et les réflexions fusèrent :

« Mon Dieu ! Qu'il est mignon ! »

J'ai encore dans l'oreille la réflexion admirative de deux jeunes filles : « Regarde Christiane s'il est petit ! Est-ce qu'on pourrait croire que l'on a été si petit ! »

Bientôt, ce fut le défilé de toute la famille. Ma mère, mes sœurs, mon frère, furent les premiers à venir voir leur petit-neveu. Les parents du côté de mon mari vinrent aussi faire leurs compliments.

Le jour même de la naissance, Joseph alla faire la déclaration à la mairie et aussi prévenir monsieur le curé pour le baptême.

Ce baptême eut lieu le troisième jour après la naissance.

Comme je l'ai déjà dit, à cette époque, les curés ne badinaient pas avec la date du baptême qui devait être célébré dans les plus brefs délais.

Le petit Louis fut baptisé par un vicaire, l'abbé Calmard. Ce fut ma mère qui fut marraine et le frère aîné de Joseph, Louis, qui fut parrain.

Moyennant un bon pourboire, le vieux sacristain, le Tantou, sonna le carillon avec vigueur et le dimanche qui suivit le baptême, on organisa une petite fête de famille pour célébrer l'heureux événement.

Cette naissance changea complètement ma vie, j'étais heureuse d'être maman d'un beau petit.

Pour le promener, Joseph acheta d'occasion un landau avec de grandes roues en fer qui grinçaient sur le chemin. Il était peint en noir comme un corbillard. Mais, il était utile. Quand le temps le permettait, j'emmenais mon petit aux champs.

XIII

Les années noires

TROIS ANS À PEINE que nous étions mariés. Sans nager dans la béatitude, nous étions quand même heureux.

Joseph, employé a la gare du P.L.M., comme homme d'équipe, gagnait bien sa vie, nos deux vaches nous fournissaient lait, beurre, fromage et nous pouvions vendre le surplus aux voisins. Mais voilà que la guerre allait détruire notre foyer pendant quatre années terribles.

La guerre ! Les gens ne s'étonnèrent pas en entendant la déclaration de guerre, le 2 août 1914.

Depuis longtemps, on disait qu'elle était inévitable. On parlait de revanche. Les Français n'avaient pas digéré l'annexion de l'Alsace-Lorraine par les Allemands après la guerre de 1870-1871.

Des affiches blanches furent placardées sur les murs, le tocsin fit entendre ses sons lugubres et les paysans, en pleine période de moisson, abandonnèrent leurs champs.

Contrairement à ce que l'on a dit ailleurs, la déclaration de guerre fut accueillie ici avec consternation et ce ne fut pas en chantant que les appelés partirent ni « la fleur au fusil » mais au milieu des lamentations, des cris, des larmes.

Je les voyais passer, le baluchon à la main, se rendant à la gare accompagnés de leurs épouses, de leurs sœurs ou de leurs fiancées toutes en larmes.

Joseph, qui n'avait pas fait de service militaire, pensait échapper à la mobilisation.

Il continua de faire ses moissons. Mais voici que peu de jours après, un employé municipal portant un papier, vint lui signifier qu'il était mobilisé sur place.

Il fut affecté à la garde d'un barrage fait d'un amoncellement de charrettes à la sortie nord sur la route d'Ambert, avec la consigne de ne laisser passer personne ! Naturellement, il ne pouvait empêcher les gens du pays de franchir le barrage et l'on se demandait quelle idée saugrenue avait bien pu germer dans le crâne d'un hurluberlu de faire établir un barrage dérisoire à plus de huit cents kilomètres du front.

Mon mari avait 37 ans, et il ne pensait pas aller au front se battre contre l'envahisseur. Mais la guerre *dévoreuse d'hommes* fit en sorte que tous les hommes valides de 20 à 48 ans paient *l'impôt du sang*.

En dehors de son temps de garde au fameux barrage, Joseph continua ses travaux dans les champs. Mais voici que de nouveau, l'homme de la mairie se présenta. Dans les trois jours, mon mari devait partir à Lezoux dans un camp d'entraînement. Lorsque l'homme de mauvais augure se présenta, nous étions en train de dîner.

Cette perspective nous jeta dans la consternation. Impossible d'avaler une bouchée de plus. Je ne pus retenir mes larmes et Joseph resta prostré, silencieux, ruminant intérieurement sa peine.

Après ce moment d'émotion intense, je me précipitai sur l'Almanach des postes au dos duquel il y avait une carte du Puy-de-Dôme. Non sans peine, je finis par repérer cette localité située sur la ligne Pont-de-Dore – Clermont.

Rapidement, mais avec quelle tristesse, je préparais les affaires que Joseph devait emporter, linge, vivres, le tout dans une mauvaise valise de carton attachée avec des ficelles.

Vint le jour du départ. Je l'accompagnais à la gare, son employeur, monsieur Ollier, lui souhaita bon courage.

Quand le train s'ébranla, je le regardais partir. Il se mit à la portière, agitant son mouchoir jusqu'à ce que le train disparût à l'horizon.

Accablée de chagrin, je revins à la maison comme une âme en peine, je la trouvai vide et silencieuse. Sa casquette et son bourgeron de travail, suspendus à la patère me rappelaient sa présence.

Mon petit qui avait 18 mois, ne marchait pas encore, suite à une brûlure au troisième degré. Il était mon seul soutien, ma seule joie, ma seule consolation.

Qu'allais-je faire avec ces deux vaches à entretenir ? Les amener paître, les traire, tirer le fumier et entretenir tant bien que mal la petite propriété. Je n'allais pas tarder à connaître d'immenses difficultés.

Ayant été très mal nourrie dans mon enfance, j'en traînais les effets : j'étais maigre comme un clou et je n'avais pas beaucoup de force. Je me fiais quand même à la divine Providence.

Tous les hommes du quartier étaient partis, mobilisés. Il ne restait que les femmes et quelques vieux.

À peine arrivé à Lezoux, Joseph m'envoya un mot me racontant sa vie de soldat, les exercices auxquels il était astreint, sa vie de caserne, laquelle, disait-il, n'était point trop astreignante. Il me pria d'aller le voir dès que possible et de lui apporter sa montre qu'il avait oubliée de prendre lors de son départ.

Le dimanche suivant, avec mon petit tout endormi, je pris le train de cinq heures et vers 10 heures, je débarquais à Lezoux. Joseph qui avait obtenu une permission pour la journée, vint nous cueillir à la gare. La première chose à faire était d'assister à la messe de onze heures, après quoi, mon mari nous conduisit dans un petit restaurant pour le repas de midi. Entre la poire et le fromage, il me raconta sa vie de caserne, les exercices, le maniement des armes, les coups de gueule des adjudants, la morgue de certains gradés, les conversations douteuses des poilus ainsi que les tristes nouvelles du front. Tout le Nord de la France et l'Est envahis par l'ennemi.

Une question brûlait mes lèvres mais je n'osais la poser tellement je craignais une réponse de malheur. Devinant ma pensée, Joseph me déclara tout de go qu'il allait partir avec sa section de mitrailleurs quelque part sur le front. Cette nouvelle me fit pâlir. Je pris mon petit qui était assis à côté de moi et le pressai sur mon cœur.

L'après-midi, on se promena tristement dans les rues de ce bourg. Sur la place, il y avait une fontaine. Joseph me fit part d'un fait tragique produit en ce lieu. Un soldat, démoralisé, ne pouvait accepter de monter au front. Dans une crise de désespoir, il alla se noyer dans le bassin de cette fontaine, et cela pendant la nuit. Au petit matin, les gens du quartier retrouvèrent son corps, flottant entre deux eaux.

Apprenant cela, le capitaine, furieux, rassembla ses hommes pour leur faire part de son indignation, qualifiant de lâche le malheureux noyé, enterré comme un chien dans la fosse commune. C'était un Cantalou. La famille, prévenue, ne se dérangea pas pour faire rapatrier son cadavre.

Mon retour au logis fut plutôt triste : j'avais espéré que la guerre durerait peu et maintenant, j'avais la certitude que Joseph n'échapperait pas à son destin.

Début janvier 1915, je reçus la lettre fatale. Joseph m'informait qu'il partait pour le front.

Mon premier geste fut de me rendre à l'église le recommander à la protection de la Sainte Vierge. Puis j'attendis... j'attendis. Enfin, une carte de Belfort, suivie d'une autre de Mulhouse, puis une troisième d'Altkirk en haute Alsace. C'est dans ce secteur qu'il devait s'établir avec sa section. Ce coin était relativement calme, à part quelques bombardements sporadiques mais loin des furieuses batailles de la Somme ou de Verdun.

Bien que peu instruit, mon mari écrivait souvent une carte-lettre me racontant sa vie de poilu. Ses camarades l'avaient nommé cuistot du petit groupe et il assumait cette fonction avec compétence, à la satisfaction de tous, nourris principalement de conserves de « singe » ou de saucissons de viande de cheval. Il allait dans les fermes à l'arrière du front, troquer cette marchandise pour des œufs, du lard ou autre cochonnaille.

Tous les trois jours je lui écrivais, et le soir, à la tombée de la nuit, j'allais porter ma lettre à la boîte près de la gare.

Un soir, après avoir couché mon petit dans son dodo, j'allais poster une lettre. Madame Ollier, la femme du chef de gare, m'ayant aperçue, m'invita à monter chez elle. Je m'attardais un peu à bavarder avec elle et, horreur, quand je revins à la maison, je vis la fenêtre de la chambre où nous couchions, à côté de la cuisine, toute grande ouverte et… point de petit dans son lit. Je me mis à hurler comme une folle, persuadée que des bohémiens profitant de mon absence, avaient volé mon petit. Soudain, la fenêtre de la voisine d'en face, s'ouvrit :

« Ne cherchez pas votre petit, il est ici ! »

Je me précipitai chez Antoinette et je vis mon enfant dormant paisiblement sur une chaise près du feu.

Que s'était-il passé ? Le petit couchait dans un petit lit, à coté du mien. S'éveillant soudain, il appela sa maman. N'obtenant pas de réponse, il grimpa sur le lit de sa mère et le trouvant vide, il ouvrit la fenêtre et se mit à hurler :

« Antoinette, j'ai perdu ma maman ! »

Antoinette raconte :

« Entendant des cris, j'ai ouvert ma fenêtre et j'ai vu le petit bonhomme debout sur le rebord criant et hurlant, “j'ai perdu ma maman”. Je lui criais : “Ne bouge pas mon petit, je viens te chercher.” J'avais peur qu'il tombe dans la rue, je suis venue le prendre, je l'ai porté dans mon tablier et je l'ai installé près du feu où il n'a pas tardé à s'endormir ; moi qui n'ai pas eu d'enfant, mon Dieu, que ce petit me faisait envie. »

Cet incident m'avait bouleversée à un point tel que la nuit j'avais des cauchemars. Au moindre bruit, je m'éveillais, croyant qu'on venait voler mon petit. Le soir avant de me coucher, je regardais sous les lits avec la lampe pour voir s'il n'y avait personne.

Je mis longtemps à me remettre de mes émotions et désormais je m'abstins d'aller poster les lettres à une heure tardive. Si on m'avait pris mon petit, je crois que je serais devenue folle.

Clairette, Marie, Odette, jamais je n'oublierai ces trois jeunes filles, mes voisines, qui m'ont rendu de grands services pendant la guerre.

Dès l'âge de trois ans, les sœurs de Saint-Joseph-de-Marsac prenaient les garçons dans une école dite « l'Asile ».

Chaque matin Odette Ollier, une grande fille, venait prendre le petit pour le conduire en classe, étant elle-même élève dans cet établissement. Et cela deux fois par jour et cela m'arrangeait bien. Mais le jeudi, que faire de l'enfant ? Par nécessité, il fallait que j'aille travailler dans les champs et je ne pouvais l'emmener avec moi. Mes deux voisines, Marie et Clairette, deux jeunes filles très gentilles, acceptaient de me le garder. Elles lui racontaient des histoires, le faisaient jouer, bref, savaient l'intéresser. Je les récompensais par quelques litres de lait, ce qui était fort apprécié par ces temps de restriction.

Un jour, Marie me ramène le petit et me dit en riant :

« C'est un petit coquin ! Il a fait pipi dans mon lit !

– Oh ! Comme je suis confuse ! Amenez-moi votre drap, je le mettrai à la lessive.

– Oh ! Ce n'est pas grave. Que cela ne vous empêche pas de me confier l'enfant quand vous en aurez besoin. »

Ces deux jeunes filles étaient tenues sévèrement par leurs mères. Or, l'une et l'autre avaient trouvé clandestinement un fiancé. Que faire pour correspondre ? Elles m'avaient demandé si les fiancés en question, pouvaient adresser leur correspondance chez moi. L'affaire était délicate, mais ces jeunes filles étaient majeures, foncièrement honnêtes et sérieuses et, elles n'avaient pas fait vœu de célibat.

Pendant plusieurs mois, je reçus la correspondance clandestine sans que les mères n'en sachent rien, et, après bien des difficultés, elles fondèrent l'une et l'autre un foyer selon leur cœur.

Un dimanche, après la messe, le tambour de ville annonça que le pain allait être rationné. Une carte de pain était établie et chacun devait aller la prendre à la mairie.

Le lendemain, je vais donc chercher cette carte. Il me fallut attendre car il y avait beaucoup de monde. Lorsque mon tour arriva, le secrétaire me dit :

« Mais vous n'y avez pas droit !

– Comment, je n'y ai pas droit ! Et pour quelle raison ?

– Pour la raison que vous avez du blé ! Monsieur Pampinet, conseiller municipal, a vu votre mari engranger une charretée de gerbes, vous avez du blé. La carte de pain est pour ceux qui n'en ont pas.

– Oui, nous avons du blé, mais qui battra les gerbes ? Vous savez bien que mon mari est sur le front et ce n'est pas moi qui peux battre les gerbes ! Je n'en ai pas la force.

– Ça c'est pas mon problème ! Je vous répète que la carte de pain est pour ceux qui n'ont pas de blé et… vous en avez ! Au suivant… »

Je rentrais à la maison profondément affligée et de suite, j'écrivis à Joseph pour l'informer. Il adressa au maire une lettre qui n'était pas piquée des vers, lui demandant de me donner immédiatement la carte de pain, sinon il porterait plainte à qui de droit contre les « agissements tortueux d'un conseiller municipal véreux ».

Deux jours plus tard, j'étais convoquée à la mairie pour chercher ma carte de pain, avec de vagues excuses du secrétaire disant qu'il y avait eu malentendu.

Tout le monde sait qu'au début du XXe siècle, le pain était la base de l'alimentation, surtout chez les paysans. Or, avec cette carte, je ne touchais que quatre cents grammes d'un mauvais pain, pour moi et mon petit. C'était insuffisant.

Fort heureusement, ma mère vint à mon secours. Chaque mois, après la cuisson, elle envoyait ma sœur Joséphine porter une tourte de huit livres de bon pain de seigle. La pauvre petite faisait à pied les dix kilomètres, portant dans une besace à serge bleue la grosse tourte, qui était la bienvenue. Le lendemain, je renvoyais ma sœur par le courrier de Saint-Just et je lui payais son voyage. C'était bien la moindre des choses.

Une autre restriction particulièrement pénible était celle du sucre. On nous donnait de la saccharine liquide qui avait un fort mauvais goût.

Pendant l'hiver de 1916, mon petit tomba malade. Il toussait à fendre l'âme et il avait une grosse fièvre. Que faire ? À Marsac, il n'y avait pas de médecin mais un officier de santé. Il était vieux et ne connaissait pas grand-chose. J'allais quand même le consulter sur la maladie du petit. Il n'avait pas de médicaments mais il me conseilla de faire des infusions, des tisanes de feuilles de ronce, de bourgeons de pin. Fort heureusement, ma mère m'avait appris à cueillir des simples que l'on trouve en abondance dans la nature.

Faire des infusions, très bien ! Mais les sucrer avec quoi ? Il fallait que je trouve du sucre mais celui-ci était contingenté et les commerçants n'en auraient pas donné un gramme de plus que ce qui était prévu sur la carte.

Je visitais les épiceries sans succès. Je me rendis chez la comtesse qui tenait une buvette, un billard et une petite épicerie.

« Que désirez-vous ? dit-elle en me toisant de haut en bas.

– Mon petit est malade et je viens vous demander si vous pourriez me vendre quelques morceaux de sucre.

– Mais, dit la comtesse, vous n'êtes pas ma cliente ! Je ne vous vois jamais venir chez moi acheter de la marchandise ! J'ai du sucre, oui, mais je le réserve à ma clientèle !

– Mais mademoiselle, c'est pour un enfant malade…

– Je regrette, mais je ne puis vous satisfaire… À moins que vous m'achetiez une livre de café, dans ce cas, je puis vous dépanner pour quelques morceaux de sucre.

– Mais, mademoiselle, je n'ai pas d'argent pour acheter du café. Mon mari est mobilisé et…

– Encore une fois, je regrette. Au revoir, madame. »

Et me voilà dans la rue. Il restait une dernière épicerie à prospecter sur la route du cimetière. Là non plus je n'étais pas cliente. Mais l'accueil fut tout autre. L'épicière, une femme de cœur, me donna sans les peser quelques poignées de morceaux de sucre, sans même me les faire payer.

« On ne refuse pas cela à un enfant malade », dit-elle avec un bon sourire. Ainsi, je pus sucrer tisanes et infusions du Louinou, qui d'ailleurs guérit rapidement.

Conclusion, il y a des commerçants qui sont féroces pour sauvegarder leurs intérêts. Par contre, il y en a d'autres qui ont le cœur sur la main. Il faut de tout pour faire un monde.

Il y avait les malins et les débrouillards. Certains ne manquaient de rien.

Un jour, je gardais mes vaches au lieu-dit Les Boulades. La femme d'un hameau voisin, Perrine, qui gardait elle aussi son troupeau, vint s'asseoir à côté de moi. Au cours de la conversation, je lui dis combien j'avais eu de difficultés pour trouver quelques morceaux de sucre pour mon petit, malade.

« Ah ! Si vous me l'aviez demandé, j'aurais pu vous en fournir du sucre, autant que vous en voulez.

– Comment ? Vous avez du sucre ? Alors que les épiciers prétendent qu'ils n'en ont pas. Qu'avez-vous fait ?

– Ça, c'est mon secret ! Demain, apportez-moi un sac, c'est vingt francs la livre ! »

Le lendemain, j'apportais un sac en papier. Perrine alla le remplir, le peser et je n'eus plus qu'à payer au prix fort cette précieuse denrée. Mais j'avais du sucre pour les tisanes de mon petit.

Le sucre de Perrine fut le bienvenu. Plus tard, bien plus tard, j'appris que c'était du sucre volé. Son mari venait la nuit piller les wagons de marchandise en stationnement à la gare de Marsac. Pris sur le fait, il fut condamné à quelques jours de prison.

Pendant la guerre, mon mari est venu trois fois en permission. À peine arrivé, il revêtait sa tenue de paysan et allait dans les champs entretenir le peu de cultures qui nous empêchait de mourir de faim : quelques plants de pommes de terre, un peu d'avoine pour les poules et quelques légumes rustiques.

L'ensemble de la propriété était en friche, livré aux herbes sauvages. Ce n'est pas moi qui pouvais tenir le mancheron d'une charrue pour labourer les champs ! Pour les foins, j'engageais un homme qui venait faucher les prés. Pour le reste, il fallait me débrouiller avec le secours des voisines qui venaient me prêter un coup de main.

Le plus dur était de décharger les chars de foin dans des granges au toit surchauffé et dans la poussière ; bref, c'était plutôt un travail d'homme.

Un jour, je me rendis chez un voisin qui n'avait pas été mobilisé, le priant de venir moyennant rétribution. Le brave homme accepta, mais sa femme sortant de la souillarde comme une furie, lui cria :

« N'y allez pas ! Elle a bien assez de femmes pour lui aider ! »

Fort heureusement, la Maria vint à mon aide et le char de foin fut quand même déchargé.

Mais l'essentiel pour moi et mon petit, c'était d'avoir du bois de chauffage. Avant guerre, mon mari nous fournissait le bois qu'il coupait dans la propriété, mais lui absent, nous n'avions plus de bois et pendant cette maudite guerre, nous avons terriblement souffert du froid. Pendant l'été, j'envoyais mon petit ramasser quelques branches de bois mort sous les arbres : cela servait à faire cuire la soupe le soir. Mais l'hiver, il fallait se contenter d'une flambée de branches de fagots de pin.

Ceux qui passent l'hiver dans des appartements bien chauffés ne peuvent se faire une idée de la souffrance que nous avons endurée pendant ces maudites années. Je me demande comment on n'est pas morts de froid ! Il faut qu'il y ait une Providence qui protège les malheureux.

Pendant l'hiver 1917, un froid intense régna pendant plusieurs semaines. Un froid inhumain, meurtrier, un froid tel, que les carreaux de la cuisine ne dégivraient pas, le pain était gelé dans le placard et même à l'étable, derrière les vaches, le fumier lui aussi était gelé.

Que de souffrances avec mon petit que je ne pouvais envoyer à l'école ! Il n'avait pas de manteau. Quand on sortait, je l'enveloppais de mon fichu gris dont les franges lui battaient les talons.

Le jour encore, on se défendait un peu du froid en restant près du poêle, mais la nuit, c'était terrible ! Avec mon petit, on couchait dans le gabinet attenant à la cuisine. On ne pouvait y faire du feu faute de cheminée. Je garnissais de braises deux chauffe-pieds, pour tiédir un peu l'air, mais cela avait peu d'effet sur la température glaciale.

La pompe était gelée et, pour avoir de l'eau, je faisais fondre la neige dont le jardin était couvert d'une couche épaisse.

Pour les commissions, je m'emmitouflais comme quelqu'un qui voyage au pôle Nord. Fort heureusement, les pommes de terre qui étaient dans la cave n'étaient pas gelées, j'avais bouché avec de la paille le petit trou d'aération.

Avec cela, de mauvaises nouvelles du front, l'échec de l'offensive au « Chemin des Dames », dont parlaient les journaux.

Je pensais aussi à mon pauvre mari qui, comme tous les soldats, devait grelotter dans la boue glacée des tranchées. Mon Dieu, que de malheurs, avec ces mauvaises nouvelles de la guerre, le froid, les restrictions, la solitude. Quand cela finirait-il ?

Les jours sont courts en hiver, et le soir à la veillée, dans cette cuisine faiblement éclairée par une lampe à pétrole, j'essayais d'oublier mes misères en tricotant des lainages pour mon mari et pour mon petit.

Le dimanche, bien emmitouflée, j'allais quand même à la messe, avec mes mitaines et mon chauffe-pieds. Quand je rentrais, j'étais frigorifiée ! Si encore je pouvais boire un bon café pour me réchauffer. Mais de café, il n'y en avait pas !

Alors je buvais un bouillon bien chaud, c'était mieux que rien.

Presque toutes les familles avaient un homme sur le front. Bientôt arriva l'annonce des premières victimes qui avaient une mère, une épouse, une sœur, une fiancée. On vivait dans l'angoisse de voir le garde champêtre, un papier bleu à la main, venir annoncer qu'untel était tombé au champ d'honneur. Alors, c'étaient des cris, des lamentations et le dimanche à la messe, lorsque le curé faisait prier pour les « chers disparus », on voyait les mères, les épouses, le visage dissimulé sous un voile de crêpe noir ; c'étaient de nouveau des cris et des pleurs qui retentissaient sous les voûtes de l'église. Les pauvres petits orphelins portaient un brassard de crêpe noir sur leur costume.

Lorsque je voyais passer le garde avec son papier bleu, mortellement angoissée, je tremblais de tous mes membres et je me disais : *« Mon Dieu ! Pourvu qu'il ne vienne pas chez nous ! »* Quand il avait dépassé la maison, je commençais à respirer.

Un jour, sans que j'y prenne garde, il vint :

« Du courage, madame, je viens vous annoncer une triste nouvelle. Votre mari est mort au champ d'honneur » et il me tend le télégramme.

Blanche d'émotion et tremblant de tous mes membres, je lus le papier. Le soldat qui était mort avait le même nom et le même prénom que mon mari, mais de suite, je m'aperçus que ce n'était pas lui. Ni son âge, ni le secteur où il se trouvait ne correspondait à la réalité.

« Excusez-moi madame, dit le garde, c'est une erreur » et il repartit.

Cette fausse alerte m'avait anéantie, je m'effondrai sur une chaise, incapable de parler. Le petit, me voyant dans cet état, me tirait par la robe :

« Maman, qu'est-ce que tu as ?

– Mon petit, tu es trop jeune pour comprendre, je t'expliquerai plus tard. » Je ne voulais pas associer à ma peine ce marmot plein de vie.

La commune de Marsac paiera un très lourd tribu à la défense de la patrie. Cent vingt morts, « allongés sur le sol à la face de Dieu », comme disait Péguy. Pas une famille qui n'aura l'un des siens inscrit sur le monument aux morts.

Le maire, Félix Pommerol, aura deux de ses fils tués sur le champ de bataille. Toute la fleur de la jeunesse restera sur le carreau. Et les blessés, les mutilés, les malades, viendront achever leur vie de misère dans les hôpitaux de la région.

« Nous avons gagné la guerre », chantaient plus tard les rescapés dans la *Madelon de la victoire*. Ils ont gagné la guerre… Mais à quel prix !

XIV

Une nouvelle vie

11 NOVEMBRE, fête de saint Martin, c'était jour de foire à Marsac. Quelques marchands étaient venus s'installer sur la place pour vendre leur pacotille.

Soudain, vers onze heures, les cloches se mirent à sonner à toute volée. « *Mon Dieu ! Que se passe-t-il ? Il n'y a pas d'enterrement à cette heure.* » Je regarde par la fenêtre et je vois les gens sortir de toutes les portes. Bientôt la nouvelle se répand comme une traînée de poudre : « *C'est l'armistice ! La guerre est finie.* » Je ne savais pas ce que voulait dire ce mot « armistice ». Tout le monde était dans la rue. Les artisans, les commerçants, avaient abandonné commerces et ateliers pour se mêler à la foule qui grossissait à vue d'œil. Les gens criaient, riaient, pleuraient, s'embrassaient, hommes, femmes, enfants dans une ambiance surchauffée.

« Le cauchemar est fini ! Bientôt nos maris vont rentrer », disaient celles dont le mari n'était pas mort au champ d'honneur.

Les cafés, les bistrots furent pris d'assaut, si bien que les cafetiers ne savaient plus où donner de la tête.

Les pompiers qui avaient revêtu leur uniforme, parcouraient les rues drapeau et musique en tête. Le père Artaud, tambour de la ville, un vétéran de 1870, tapait sur sa caisse à en crever la peau ! C'était un jour de liesse, mais pas pour tout le monde. Au milieu des cris, des chants, il y avait beaucoup de larmes, celles des veuves et des orphelins, celles qui ont laissé un père, un mari, un frère, un fiancé quelque part sur le front.

Certains qui avaient un peu trop arrosé la victoire, rentraient chez eux en titubant. D'autres braillaient des chansons :

« Souviens-toi de Titine la galette
Tout là-haut, tout là-haut sur la butte
Sur la butte de Tahure les casques pointus
La mitraille et les obus

As-tu vu Guillaume ? Guillaume est foutu !... »

L'après-midi, je pris mon petit par la main et je me rendis sur la place qui était noire de monde. Il y régnait une atmosphère extraordinaire que je n'ai jamais revue. Des gens qui ne se connaissaient pas se parlaient, se congratulaient, s'embrassaient. Le long cauchemar de cette guerre était bien terminé.

J'avais la quasi certitude de revoir mon mari, mais après tant de souffrances, tant de larmes, tant de privations, tant d'angoisses, je me demandais si je devais rire ou pleurer.

La guerre terminée, je pensais que mon mari allait revenir dans le plus bref délai. Il n'en fut rien ! Les jours passaient et comme sœur Anne, je ne voyais rien venir.

Dans ses lettres, Joseph me disait qu'il ne savait pas la date de son retour et que présentement, on l'occupait à des travaux divers car le pays était sens dessus dessous. Je brûlais d'impatience, lorsque vers la mi-janvier 1919, la Maria des dépêches m'apporta un télégramme : « Arriverai jeudi par le train du matin, Joseph. » Le télégramme était daté de Dijon.

Dans mon impatience, je me rendis à la gare une bonne heure avant l'arrivée du train. J'y rencontrais d'autres femmes qui, elles aussi, attendaient leur mari.

Nous étions assises dans la salle d'attente autour du poêle, échangeant des banalités, lorsque nous entendîmes des cris perçants. On se précipita dehors. Une petite fille portant de longues bottines montantes, avait engagé son pied entre deux rails, établis dans les gares avec un pavement en bois afin de faciliter le passage des chariots à bagages.

« Maman ! Maman ! Maman ! » La mère, affolée, se précipita et essaya de dégager le pied de la gamine, en vain ! Un monsieur vint à la rescousse, il n'eut pas plus de succès et voici que le train venant d'Ambert apparaissait à l'horizon. Bientôt, ce fut la panique. Un groupe de femmes se précipita devant la locomotive, faisant de grands gestes et des cris au mécanicien qui stoppa sa machine. Il fallut délacer la bottine et ainsi libérer le pied de la gamine, qui se mit à hurler sous l'avalanche de gifles que la mère lui distribua sans ménagement.

Avec quelle joie je vis Joseph descendre du wagon de troisième classe, la poitrine bardée de musettes pleines de provisions.

Ma joie fut grande de voir mon foyer reconstitué.

Notre fils qui avait sept ans, ne connaissait pas bien son père. Il ne l'avait vu que les rares jours où celui-ci avait bénéficié d'une permission. Il considérait le nouveau venu un peu comme un intrus troublant la douce quiétude de sa vie d'enfant. Il est vrai que Joseph, ayant été élevé à la dure, n'était pas de ceux qui cajolent les enfants. Finalement, les choses finirent par s'arranger et la douce harmonie finit par régner dans notre foyer.

Un jour, Louis prit le calot de son père comme coiffure et comme il y avait de la neige, enveloppa ses petites jambes dans ses bandes molletières, si bien qu'il avait l'air d'un petit soldat pour aller à l'école. D'autres gamins de son âge étaient aussi vêtus de la défroque militaire de leur père. Peu après son arrivée, Joseph fut convoqué à Clermont au centre démobilisateur. On lui donna un costume civil qu'il porta longtemps...

Cependant, pour vivre, il fallait trouver du travail ; bien sûr, il retrouva les champs et les deux vaches que j'avais réussi à garder pendant la guerre.

Joseph pensait reprendre sa place à la gare de Marsac mais il avait été remplacé, il fit donc une demande pour être embauché à la scierie Midroit ; sa demande fut acceptée. Le travail commençait à six heures le matin pour se terminer à dix-huit heures le soir, avec une interruption d'une demi-heure pour le petit déjeuner et d'une heure et demie pour le repas de midi. Le travail était très dur dans le chantier : il fallait porter de lourdes billes de bois sur l'épaule et, à l'aide de grandes scies, les débiter en plein vent, sous la pluie, par n'importe quel temps. Le salaire était maigre : six francs par jour ! Un kilo de viande coûtait quatre francs, un kilo de pain, deux francs. Aucune allocation.

Joseph était extrêmement courageux au travail. Pour faire vivre sa famille, il faisait deux journées dans une. Parfois, il se levait à trois heures du matin pour amener un tombereau de fumier au Buichat situé à deux kilomètres de notre maison et il était toujours revenu à temps pour prendre son travail à six heures.

Le dimanche, il allait à la messe de huit heures, faisait son marché et préparait avec soin le repas de midi. Au dessert, nous avions droit à une allumette achetée à un pâtissier de Beurières.

En 1920, nous n'étions plus très jeunes, Joseph avait 42 ans et moi 36. Malgré cela, nous désirions agrandir la famille. Nous avions décidé de donner un petit frère ou une petite sœur à notre petit Louis.

Le 29 juin de la même année naquit une petite fille, pour notre plus grande joie. Malgré notre pauvreté et nos difficultés, cette naissance nous apporta un peu de bonheur.

Suivant l'usage, la petite Thérèse fut baptisée deux jours après sa naissance. Ce fut la grosse Françoise, sage-femme, qui porta l'enfant aux fonts baptismaux. Mon mari avait choisi comme parrain, son frère, le Marius du Petit Moulin et moi, je pris comme marraine, ma sœur d'Augerolles, Marie.

La cérémonie fut toute simple : moyennant une obole, le vieux sacristain, dit le Tantou, fit sonner un joyeux carillon.

Un modeste repas de famille fut organisé pour parrain et marraine. Quant à mon petit Louis, qui avait sept ans, on l'envoya chez la grand-mère au Mas. À cette époque, on faisait ainsi pour ne pas troubler les enfants sur les affaires de la vie.

La naissance de Thérèse lui fut annoncée par mon frère Louis qui rentrait de permission de Nîmes où il faisait son service militaire :

« Tu as une petite sœur ! »

Entendant cela, le gamin harcela ma mère et ma sœur pour repartir à Marsac voir la petite sœur.

Comme c'était la période des foins, ma sœur Joséphine alla mettre le gosse dans la voiture du courrier monsieur Faure.

Arrivé a Marsac, il se mit a courir et arriva tout essoufflé à la maison. Dans un berceau tendu de bleu, un petit mimi dormait à poings fermés. Une nouvelle étape de notre vie commençait.

Propos recueillis par son fils, l'abbé Jean-Louis Chantelauze.

Table des matières

DANS LA MÊME COLLECTION

Les textes de la collection Terre de Poche nourrissent la mémoire collective à travers l'histoire d'une famille ou d'un village de nos régions, un récit de voyage, un document historique ou une chronique intime. Grâce à ces destins croisés, ces descriptions animées, ces analyses précises, le lecteur voit resurgir à chaque page ses souvenirs de jeunesse, la reconstitution de la vie de ses aïeux, des paysages contrastés : autant de témoignages précieux en ce début de siècle.

1 - *La Bête du Gévaudan*, François Fabre et Jean Richard.
2 - *Voyages avec un âne dans les Cévennes*, Robert Louis Stevenson.
3 - *Le Pain de Lamirand*, Jean Anglade.
4 - *La Burle*, Paul Perrève.
5 - *La Montagne aux sabots*, Georges Rey.
6 - *La Dernière Estive*, Antonin Malroux.
8 - *Tintinou, paysan*, Justin Bourgeade.
9 - *Le Pain de cendre*, Paule Valette.
10 - *Le Retour de Rose*, Yveline Gimbert.
11 - *Le Troisième Prétendant*, Jean-Pierre Fournier la Touraille.
12 - *Les Porteurs de terre*, Jean Rosset.